당신의 화원에
나를 초대합니다

당신의 화원에 나를 초대합니다

초 판 1쇄 2025년 09월 24일

지은이 에나스
펴낸이 류종렬

펴낸곳 미다스북스
본부장 임종익
편집장 이다경, 김가영
디자인 임인영, 윤가희
책임진행 이예나, 김요섭, 안채원, 김은진

등록 2001년 3월 21일 제2001-000040호
주소 서울시 마포구 양화로 133 서교타워 711호
전화 02) 322-7802~3
팩스 02) 6007-1845
블로그 http://blog.naver.com/midasbooks
전자주소 midasbooks@hanmail.net
페이스북 https://www.facebook.com/midasbooks425
인스타그램 https://www.instagram.com/midasbooks

ⓒ 에나스, 미다스북스 2025, *Printed in Korea.*

ISBN 979-11-7355-500-8 03810

값 19,000원

※ 파본은 구입하신 서점에서 교환해드립니다.
※ 이 책에 실린 모든 콘텐츠는 미다스북스가 저작권자와의 계약에 따라 발행한 것이므로 인용하시거나 참고하실 경우 반드시 본사의 허락을 받으셔야 합니다.

미다스북스는 다음세대에게 필요한 지혜와 교양을 생각합니다.

당신의 화원에 나를 초대합니다

에나스
소 설

미다스북스

목 차

13장	에필로그	006
1장	초록불, 주황불, 빨간.	010
2장	열아홉과 열아홉, 열아홉의 열넷	024
3장	아름다운 꽃에는 가시가 돋아있다	034
4장	당신의 화원에 나를 초대합니다	064
5장	안녕, 나의 운명	086
6장	하얀 드레스를 입은 그녀	112
7장	오페라의 가면	152
8장	OTRA	166
9장	이루어질 수 없는 이유	194
10장	빛이 있다는 건, 어둠이 따른다는 것	222
11장	에필로그	248
12장	프롤로그	254

에필로그

13장

에 필 로 그
EP.2

   그리 높지 않은 건물이었다. 바람이 내 볼에 스며들며 비로소 공중에 떠 있음을 인지했을 땐, 마치 자유로운 새가 되어 날고 있기를 간절히 바랐다. 그러나 나는 그곳에서 떨어지고 있다.

   아니, 떨어지는 꿈을 꾸었다. 희미하게 떠오르는 참혹했던 기억들을 애써 잊어보려 누운 채 고개만 들어 주변을 둘러보았고, 처음 보는 광경에 한동안 벌어진 입을 쉽사리 다물지 못 하였다. 푸른 이파리들이 춤을 추는 아름다운 화원과 그 가운데 덩그러니 놓인 낡은 건물 한 채. 외관에서 오랜 세월이 흘렀다는 것을 느낄 수 있었지만, 동시에 높게 솟은 웅장함 또한 함께 따랐다.

지칠 대로 지쳐버린 내 심신은 고개를 올리면 보이는 건물에 진작 매료되었고, 마음을 빼앗기는 건 되려 내가 빼앗는 거라며 적당한 합리화를 해야만 했다. 정말 이곳이라면 계속 이어지는 지옥 같은 전쟁에서 벗어날 수 있을 것만 같았으니까.

생각을 마치니 건물은 더 이상 버려진 폐허가 아닌 하나의 빛으로, 나에게 주어진 유일한 희망이자 숙명이 되었다. 태양빛 열기에 그을린 손바닥은 차가운 얼음판에 닿고서 싸늘하게 식어갔고, 약간의 체중을 신자 문은 밝은 빛을 동반하며 서서히 열리기 시작한다.

사람의 손때가 느껴지지 않은 그곳에서, 누군가 밝은 미소로 나를 반겨준다.

"안녕, 처음 만나서 반가워."

그녀를 보자 내 심장은 천둥번개같이 터질 것처럼 뛰기 시작했다.

초록불, 주황불, 빨간

1장

초록불, 주황불, 빨간.

EP.1

    넓은 침대 위에 누워 허공만 바라보기를 5분여째. 계절이 바뀌고 달력을 넘겼어도 어김없이 똑같은 하루를 맞이해버렸다. 유독 오늘따라 내 방 창문 사이로 더 강하게 내리쬐는 햇빛은 나의 좁은 미간을 더욱 찌푸리게 만든다. 남들은 새 학기를 손꼽아 기다렸던 것처럼 평소보다 한껏 꾸미고 티 나는 시술까지 감행하며 달라진 모습을 뽐내고 다니지만, 공부와 전쟁 중인 나에게 학교란 장소는 그저 피 말리는 전쟁터일 뿐이다.
    부동자세를 유지한 채, 달갑지는 않지만 오늘을 살아가기 위해 어제 하루를 곱씹어 봤다. 이벤트라 칭할 만한 특별한 일이랄 건 딱히 없다. 다만 종례 시간 때, 내일―즉 어제의 내일인 오늘―전국에서 치러지는 전국연합 학력평가에 대해 단단히 준비해 오라는 담임선생님의 말씀이 있었다. 그러나 방학 동안 주말까지 헌납하며 학원에 출석해 착실히 수능 대비를 해 온 나에게는 해당 사항이 없었다.

 등교를 하기 위해 필요한 최소한의 정비 시간에 다다르고서야 겨우 몸을 일으켰다. 오늘까지 끝내야 하는 학원 과제물 때문에 늦은 새벽, 길지 않은 잠에 든 탓에 휘청이는 몸을 똑바로 가누기까지 시간이 걸렸다. 적지 않은 시간을 소비했지만 애써 정신줄을 부여잡고 등교 준비에 열을 내본다.
 주름진 이불을 공중에 한 번 털어낸 후 곱게 접어 침대 매트리스 끝 선에 맞춰 정렬했다. 이어 어제 끝낸 학원 과제물을 서둘러 가방에 챙겨 넣고, 형식적인 차림을 갖추기 위해 의자에 걸쳐져 있던 교복 바지를 꺼내 들었다. 왼쪽 다리부터 구겨 넣으며 동시에 와이셔츠를 집었지만, 오래 다림질을 하지 않은 듯한 뻣뻣한 촉감에 괜히 기분이 불편하다. 그래도 옷장 속 걸려 있는 다른 옷들보다 와이셔츠는 나에게 가장 편한 옷이 되었다.
 교복을 다 입고 양말을 신기 위해 허리를 굽혀 오른발부터 꾸역꾸역 밀어 넣는데, 책상 아래 떨어진 노란 포스트잇 한 장이 눈에 들어왔다. 사춘기에 막 접어들 무렵, 공부는 해야 했지만 도무지 손에 잡히지 않던 시절이다. 심한 거부감에 의미 없는 동기부여 문구들을 적어 벽면 곳곳에 붙여 두곤 했는데, 그중 하나가 언제 떨어졌는지 몸을 뒤집은 채 힘없이 떨어져 있었다.

양말은 다 신지도 못한 채, 짝짝이가 된 발로 떨어진 포스트잇을 주워 일어섰다. 앞면이 바닥을 향해 있던 포스트잇을 돌려보니, 그 속엔 한 문장이 억센 악필로 적혀 있다.

노력하면 정말 운명을 바꿀 수 있을까?

이 글을 쓸 적에 나는 중학교 3학년이었다. 좋은 성적으로 고등학교에 진학하려면 매일같이 공부에 시간을 쏟아야만 했다. 새로 산 연필은 일주일이 안 가 몽당연필이 되었고, 쪽잠조차 소중해 침대는 사치에 불과했다. 사람으로서 갖는 자아를 상실한 채, 그저 문제 푸는 기계가 되었던 당시에는 머리를 거치지 않고도 몸이 기억해 학원에 도착하면 곧바로 문제집을 펼쳤다.

그날도 어김없이 학원에 있던 날이다. 물고기 마릿수를 계산하는 수학 문제를 두어 번 정도 읽은 나는, 답안을 쓰는 데 별다른 노력을 들이지 않았다. 제 나이에 맞춘 중학교 3학년 수준의 문제였지만, 선행학습으로 이미 수능 난이도까지 진도를 나갔기에 풀이 과정도 생략할 수 있었다. 그러나 남은 수업 시간이 얼마 없음을 확인한 나는 정답도 체크할 겸 문제를 여러 번 곱씹으며 합법적으로 시간 죽이는 데에 몰입했다. 보나 마나 정답은 처음 풀었던 세 마리가 맞았겠지만, 내 관심은 다름 아닌 문제에 있었다.

어항 속 세 마리의 물고기—

 왜 얘네는 어항에서만 살아가는 걸까? 바다에 가면 좀 더 자유로울 수 있을 텐데, 가지 못할 이유라도 있는 건지. 난 단순한 궁금증이 생겼다.
 '어항에 갇힌 금붕어가 바닷소리를 듣게 된다면 꿈이 될까, 꿈처럼 잊힐까.'
 문제의 핵심이던 물고기에 시선을 빼앗긴 나는 궁금증에서 더 나아가 그만 엉뚱한 상상에 빠져버렸다. 어항에 갇혀 좁게 보이는 세상이 전부라고 생각할 물고기가 바다의 존재를 알게 된다면 어떤 생각을 하게 될지 궁금했다. 어항을 내가 살고 있는 사회에 대입하니 물고기들은 각각 다른 성격을 지니게 된다.
 한 마리는 헛소문처럼 웃어넘길 테고, 또 다른 한 마리는 어항에서 탈출하려 필사적으로 애를 쓴다. 그리고 남은 한 마리는 설사 소문이 사실이더라도 그저 주어진 대로 살아갈 것 같았다.
 넓은 세상의 존재를 들었지만, 두 눈으로 직접 실체를 보지 않는 이상 애써 부정하며 벗어날 수 없는 어항에 무력감만을 느끼고 묵묵히 살아간다. 그렇게 점점 죽어간다. 매일같이 학교가 끝난 후 학원에 가고, 학원에 마치고 집에 가서 남은 공부를 이어가는 삶을 마지못해 살아가는 나처럼.

 어른들은 나에게 말했다. 보지 못했던 넓은 사회에 나가게 되면, 보다 자유로워 못 했던 것을 즐기며 시야가 넓어질 거라고. 그러니까 나를 위해서 그냥 시키는 대로, 앞에 주어진 대로만 하면 된다면서 현재의 내

삶을 강요했다. 난 그저 따랐다. 의심도 하고 지겨움에 몸서리치기도 했지만, 넓은 세상에 나가게 되면 정말 자유로울 것이라 믿으며 버텨야만 했다.

그러나 얇게 새겼던 다짐은 오래가지 못 해 깨져버렸다. 막상 이렇게 노력해도 평생 공부만 해 온 자신이기에 사회에서도 달라질 건 없을 테니까. TV 속 연예인들과 부자들, 그 아래 태어난 부잣집 자식들, 탈출을 꿈꾸는 물고기와 웃어넘기는 물고기까지—이미 모든 운명은 정해져 있다. 노력을 해도, 노력을 하지 않아도 정해진 운명을 바꿀 수는 없다는 걸 알아버렸다. 나의 이 모든 노력은 환상의 일부로 남는다. 반기를 품은 마음이 티 나지 않도록 구석진 곳에 숨겨, 어제도 오늘도 똑같은 하루를 살아간다. 오늘도 내일도 똑같은 하루로 죽어간다.

땅바닥에서 포스트잇을 주운 다음, 잘 보이지 않을 벽지 구석에 꽁꽁 숨겨 붙였다. 의미 없는 포스트잇들로 빼곡히 채워진 벽지 사이에 방금 붙인 포스트잇이 유난히 눈에 밟힌다.

한참을 멍하니 있다 보니 많은 시간이 흘러버렸다. 학교는 우리 집 근방으로 차에 탄다면 10분 거리에 비교적 가까운 위치에 있다. 지금 택시를 타고 간다면 1교시 시험 시간 전에 겨우 맞출 수 있겠지만, 정각을 향해 움직이는 시계는 내 걸음을 재촉하기보단 왠지 모를 안도감을 안겨주었다. 책상에서 의자를 빼고 그 위에 몸을 살포시 던졌다. 초조함도, 촉박함도 전부 잊고서 책임감 없이 행동하려는 것은 아니다.

'고등학교 3학년의 첫 모의고사 점수는 수능 성적과도 같다.'

고등학교에 처음 입학하고서 늘 들었던 말이다. 무슨 의미인지 이해할 수 있고, 대학 입시로부터 주변 어른들이 내게 갖는 기대 역시 잘 알기에 열심히 준비해 왔다. 실수 없이 잘해야 한다는 부담감은 나에 대한 애정이라며 마지못해 받아들였지만, 지금의 난 그 줄 선 수많은 기대를 저버리고 있다. 내게는 처음이다. 스스로의 의지를 갖고 행동하는 일이.

부모님은 여행을 가셨고, 그로 인해 나를 막아줄 사람도, 듣기 싫은 잔소리를 늘어놓을 사람도 없는 텅 빈 집 안. 째깍째깍, 일정한 패턴으로 움직이는 시계 초침 소리가 나를 응원하는 박수 소리로 들려온다. 혼자서 등교하는 일이 처음은 아니다. 다만 10대의 끝자락에 서 있는 지금이 아니면 영영 내 자신을 잃게 될 것만 같았기에, 오늘은 될 대로 되란 식의 하루를 보내기로 결심했다.

불필요한 행동을 줄이기 위해 언제나 계획적으로 살아왔지만, 효율에만 매달리기보다는 이런 경험도 나중에 도움이 되지 않을까 싶다.

내 방 창문 사이로 강하게 내리쬐는 햇빛이 유난히 따스하다. 아무도 나를 간섭하지 않을 테고, 살면서 야단맞을 일도 벌인 적 없었기에, 이 맘때쯤 한 번이라면 충분히 용서가 가능하다.

생각이 끝났다. 모든 게 완벽히 맞아떨어지며 비로소 난 교복을 입은 채로 평일 오전 거리를 활보하는 비행소년이 되어버렸다.

EP. 2

'**구름**이 이렇게 예뻤나?'

내가 외동으로 외롭게 자라면서 가졌던 유일한 취미가 하나 있다. 아무도 찾지 않는 낡은 놀이터, 녹이 슨 그네에 조용히 걸터앉아, 하늘에 떠다니는 구름을 멀뚱히 올려다보는 일. 구름이 떠다니는 느린 시간 동안은 정적만이 함께 흘렀지만, 보잘것없는 삶에 그림 같은 하늘은 혼자였던 내게 크디큰 행복이었다.

시간이 흘러 교복을 입었을 때부터 차츰 구름을 올려다보는 일은 많지 않았고, 그 이유에 대해 난 내가 나이를 먹은 탓에 흥미가 떨어진 것이라 생각했다. 하지만 오랜만에 바라보는 구름은 여전히 아름답게 흐르고 있었다. 아마도 나의 취미는 물론 작은 여유조차도 허용되지 않았던 일상이 문제였나 보다.

우리 집 맞은편에 있는 놀이터를 지나, 좁은 골목길을 빠져나오면 있는 빨간 콘크리트의 큰 도로로 향했다. 학원이 끝난 뒤 집으로 가면서 늘 걸어왔던 거리인데도, 밤이 낮으로 바뀌었다는 이유 하나로 거리는 왠지 새로웠다. 걷다 보니 길모퉁이에 위치한 작은 펍을 지나쳤는데, 익숙한 펍임에도 한눈에 알아챌 수 없었다. 밤에 이곳을 지나갈 때면 간판에 달린 빨간색 네온사인이 강렬했기에, 미성년자인 내게는 섣불리 다가갈 수 없는 벽처럼 느껴졌었다.

그러나 지금 이 시간에는 동네 아줌마부터 아기를 등에 업은 애 엄마까지 누구나 갈 수 있는 커피숍으로 운영되고 있다. 나는 아침부터 커피를 마실 생각은 없어서, 태양빛에만 의존해 '**오트라**'라는 이름을 비추고 있는 펍 겸 카페를 그대로 스쳐 지나갔다.

언제나 인파로 북적이던 삼거리 버스 정류장에는 개미 한 마리 없어

이질감이 들었고, 정류장뿐만 아닌 동네 자체에 사람이 별로 없는 탓에 내가 주인공이 된 것 같다. 엘리베이터에 타던 아까 전만 해도, 갈 곳이 없으면 학원가의 피시방이나 가야겠다 싶었는데, 인생 첫 이탈을 기념하듯 어둡기만 했던 동네 곳곳은 푸른 하늘 아래 여러 색깔로 물들어 가고 있었다.

또 다른 새로운 발견을 찾기 위해 사방을 두리번거리던 순간, 눈길을 끄는 무언가의 움직임이 눈에 들어왔다. 꽤나 먼 거리지만, 가까웠더라도 내 또래가 아닌 게 분명한 작은 소녀가 도로를 뛰어 건너고 있었다. 다행히 차는 다니지 않았지만, 옆에 횡단보도가 버젓이 있는데도 굳이 저렇게 건너는 위험한 모습에 괜히 나까지 진땀이 난다.

그렇게 도로를 건넌 소녀는 곧장 2층 상가 건물에 들어갔다. 올려다본 건너편 건물에는 법률사무소와 **슬라임카페** 간판이 걸려있지만, 소녀의 연령대를 예상하자면 단연코 슬라임카페로 향했을 것이라 추측할 수 있다. 측면에 서 있던 내 자리에서 소녀의 얼굴은 자세히 보이지 않았지만, 짧은 보폭과 반비례하는 넓은 뜀박질로 소녀의 해맑음이 느껴졌다. 이어 길을 가기 위해 건너편으로 넘어가 소녀가 있는 상가 건물을 지나치는데, 길에 놓인 슬라임카페의 입간판이 내 발길을 멈춰 세웠다.

'여중생 투표 1위 인기 데이트 장소'

입간판에는 좀 전에 지나갔던 소녀의 옆모습이 담겨 있었다. 걸음을 멈춘 나는 문득 얼마 전 SNS에서 봤던 새끼 오리가 떠올랐다. 앞서 있는 어미를 좇으려 작은 어깨를 펼쳐 퍼덕이며 푸드득거렸지만, 끝내 날지는 못했던 새끼 오리. 그래도 어미의 옆을 목표로 포기하지 않고 힘찬 걸음을 부지런히 옮겼던 새끼 오리였다.

  그땐 영상을 보고도 대수롭지 않게 넘겼다. 그런데 소녀의 뜀박질을 떠올리니, 왠지 모르게 그 새끼 오리가 겹쳐진다. 입간판에서 시선을 거둔 나는 이곳에서 비타민 D도 충분히 충전했겠다 싶어 이제는 옆 동네로 이동하려 한다. 다음엔 어디로 갈까 고민을 하다가 인터넷에 힘을 빌려 추천 장소를 알아봤고, 멀지 않은 곳에 사슴뿔 공원이 눈에 들어왔다. 이름 그대로 사슴을 키우는 곳이라 자유롭게 구경이 가능한 공원인데, 마침 지난달 초엔 아기 사슴 한 마리도 태어났다고 한다.
  사슴뿔 공원이 있는 옆 동네는 다리 하나만 건너면 닿을 만큼 비교적 가까운 거리에 있다. 하지만 무언의 사건으로 고향에서 작년 이맘때 이곳에 이사 온 뒤로 학업에만 전념하게 되면서 다른 동네에는 가본 적이 없었다. 다리를 건너려 횡단보도에 맞춰 서본다. 차도 신호등은 주황불을 깜박였고, 조금만 있으면 내가 서 있는 신호등에 초록불이 켜질 것이다. 차례를 기다리며 발을 조금씩 앞으로 옮기는데, 도로 위 자동차 배기음을 뚫고 뒤통수 너머로 요란한 소리가 들려왔다.
  등을 돌린 내 앞에는 10분 전만 해도 사람이라면 점심 식사 개시를 준비하던 식당 직원들뿐이었지만, 한산했던 거리에는 어느새 몇몇 사람들이 모여 있다. 멀어서 제대로는 보이지 않지만, 마른 여성의 허리만 한 팔뚝을 드러낸 덩치 큰 아저씨도 있었다.
  사람의 겉모습만 보고 쉽게 판단하면 안 된다 한들, 시비가 걸린다면 그는 분명 덩칫값을 할 것이다. 자연스레 내 시선은 그와 나란히 서 있는 여성 두 명에게 옮겨졌다. 두 명 다 30대 중후반에 비슷한 나이처럼 보였고, 여리여리한 체격에 하늘색 가디건을 걸친 모습까지 서로 닮아 있었다.

한참 동안 웅성거리던 그들을 주시하다 보니, 기다리던 신호등의 **초록불**을 놓쳐버렸다. 신호 텀이 길지 않아 보였기에 다시 기다릴 겸, 그들의 상황을 지켜보기로 했다.

평소 오지랖은커녕 남에게 관심조차 두지 않았을 테지만, 오늘의 나는 다르다. 집을 나설 때 똑같은 일상에서 벗어나겠다고 큰 결심을 했으니, 새로운 취미를 체험해 본다는 명목으로 그들에게 두 눈의 초점을 맞춰본다.

초록불이 켜졌다, 꺼지고 또다시 꺼졌다, 켜진다. 수차례 초록불을 넘기다가 두 발은 신호등으로부터 점점 멀어져갔다. 덩치 큰 남자의 인상이 험상궂다는 걸 알아챌 만큼 그들과의 거리는 좁혀졌고, 남자가 입은 꽉 끼는 셔츠 가슴팍에 쓰여 있는 글씨가 눈에 들어왔다.

'봄날햇살병원'

셔츠에 적힌 문구를 읽고 나서야 그들의 직업을 대강 짐작할 수 있었다. 처음 들어본 병원 이름에 주머니에서 핸드폰을 꺼낸 다음 검색해 보니, 도시 끝자락에 위치한 정신병동 병원의 정보가 나왔다.

'이 시간에 간호사들이라…'

오전 10시에 들어선 시간은 아침 식사를 하기엔 애매했다. 그렇다고 점심 식사까지도 꽤나 일렀고, 그들의 부스스한 헤어스타일은 씻을 여유조차 없었다는 것을 설명하고 있었다. 그래서였을까 괜히 나는 그들의 사연이 궁금해졌다. 조금 더 자세히 알아보고 싶었다. 곤란한 표정, 심각한 얼굴. 그걸 엿보다가 어느새 그들의 곁을 맴돌게 되었다. 혹시 내 존재를 눈치채 이상하게 여기진 않을까 싶어, 휴대폰을 귀에 갖다 대고 통화하는 모션을 취했다. 동시에 들려오는 목소리에 귀를 기울인다.
"사거리 카페에도 없는데, 어디로 간 걸까요?"
"그리 멀리는 못 갔을 겁니다."
"각자 흩어져서 찾는 게 빠르겠네요, 찾으면 전화 주세요."
 가끔은 가쁜 숨소리도 섞여 들렸지만, 누군가의 행방을 찾는 듯한 대화라는 것을 쉽게 파악할 수 있었다. 대화를 끝마친 그들이 각자 뿔뿔이 흩어지자, 난 혼자가 되어버렸고 굳이 걸음을 옮기지 않은 채로 제자리에서 고개만 올려 들었다.
 '슬라임카페…'
 빨간 간판이 강렬하게 느껴진다.

"… 실례하겠습니다."
 덩치와 걸맞은 작은 목소리로 카페 입구에 들어섰다. 그러나 아직 오픈을 안 한 건지, 카페 내부를 들여다봐도 손님은 물론 직원조차 보이지 않았다. 허탕임을 깨닫고 뒤꿈치만 벗었던 신발을 다시 구겨 신으며 나가려 하는데, 목재 신발장에 놓인 핑크색 운동화 한 켤레가 눈에 띄었다. 핑크색 운동화가 신발장 맨 아래쪽에 놓여 있어 내 키가 평균에 못 미치는 작은 키임에도 불구하고 한눈에 알아볼 수 없었던 것이다. 재차 내부를 들여다보니 카운터 안쪽에서 여자 직원이 걸어 나오고 있었다. 신발을 벗고 자세를 낮춰 핑크색 운동화 옆에 가지런히 신발을 넣어두었다. 그 높고 넓은 신발장에 신발이라고는 핑크색 운동화 한 켤레뿐이었지만, 본능적으로 몸이 따랐다.

슬라임카페는 처음인지라 안내를 받기 위해 곧장 카운터로 다가갔다. 포스기 옆에 놓인 탁상용 안내서에는 이용 시간과 슬라임 재료에 따른 각각의 가격표가 적혀 있고, 카운터 위로는 음료 메뉴가 적힌 초록색 칠판 메뉴판이 걸려 있었다. 허나 내 관심사는 위도 아래도 아니었기에 음료 선정에 대한 잠깐의 고민을 한 뒤에 주문을 끝마쳤다.

안내서에 음료는 선결제, 슬라임은 후결제하는 시스템이라고 쓰여 있었지만, 나는 음료 한 잔이면 충분했다. 카페 특성상 슬라임 이용을 권장한대도, 슬라임의 미끈거리는 촉감은 상상만으로도 오감에 소름을 자아낸다.

진동벨을 건네받고 자리에 앉기 위해 탐색에 나섰다. 입구에는 두 개의 좌식 테이블, 카운터 쪽에는 세 개의 입식 테이블이 배치되어 있지만, 별 고민 없이 창가 테이블에 자리를 정했다. 창가에는 두 개의 테이블이 있었고, 내게 주어진 선택지는 단 하나뿐이다.

온갖 슬라임으로 지저분한 자리를 지나, 맞은편 테이블 의자에 입고 있던 교복 마이를 걸어 놓았다. 의자를 빼고 앉으려 하니, 쉴 틈 없이 손에 쥐고 있던 진동벨이 울린다. 다시 카운터로 돌아가 음료가 올려진 트레이를 받고 자리로 돌아가려는데, 깜빡하고 반납 못 한 진동벨이 **천둥번개**처럼 또 한 번 울려댔다.

그때 마침 화장실에서 나온 한 **소녀**와 눈이 마주쳤다.

열아홉과 열아홉, 열아홉의 열넷

2장

열아홉과 열아홉, 열아홉의 열넷

EP. 1

  소녀를 의식하고 있지만, 아무런 관심 없는 척 의연하게 행동했다. 트레이 위에 올려진 음료 잔이 엎어지지 않도록 중심 잡는 것에 신경을 써 봐도, 거리가 가까워지며 강해진 따가운 시선에 내 행동은 부자연스러워진다. 자리에 돌아와 트레이를 내려놓고서 시선이 느껴지는 곳으로 고개를 살며시 들어 올렸다.

  그렇게 내게 두 눈을 고정하고 있던 소녀와 실수로 눈이 마주치고야 말았다. 곧바로 고개를 숙였지만, 소녀에게 당황한 티가 보였던 걸까, 주문한 **청포도에이드**를 한 모금 마시기도 전에 나지막한 목소리가 내 앞에서 들려왔다.

  "저기… 혹시 너도 도망친 거야?"

잠시 멈칫할 수밖에 없었다. '도망'이라는 단어 앞에 어째서 '너도'가 붙은 걸까. 소녀를 향해 자세를 고쳐 앉는 순간, 반대편 의자에 대충 걸어 두었던 교복 마이가 내 시야 구석에 스쳤다. 교복 마이를 확인하니 비로소 소녀가 말한 '도망'이라는 단어가 이해됐다. 이 시간대에 이 복장은 누가 봐도 땡땡이친 학생으로 볼 것이다. 나를 뚫어져라 쳐다보는 소녀를 의식하니, 소녀의 물음에 서둘러 대답을 해주어야만 했다.

고등학생 선배로서 조금은 노련한 대답을 내놓으려 그리 길지 않은 시간이 필요했지만, 막상 대답은 떠오르지 않았고 둘 사이의 어색한 침묵만 이어졌다. 점점 복잡해지는 머리에 빠르게 돌아가는 눈동자는 노력에 비해 별 도움이 되지 않았는데, 혹시 소녀가 이상하게 보고 있지는 않을까 걱정하다 보니 나는 무작정 바짝 마른 입을 떼고 있었다.

"그러니까 이건… 아! 청포도에이드의 알맹이 같은 거라고 할까?"

돌아가지 않는 머리로 상황을 수습하려 무의미한 시간을 끌던 와중, 나를 사로잡은 것은 테이블 위 청포도에이드였다. 표면에 흐르는 물방울은 마치 나 대신 식은땀을 흘리는 것 같았고, 번쩍 떠오르는 변명거리에 복사기가 된 듯이 읊어댔다. 의아한 표정으로 잠잠히 얘기를 듣던 소녀는 얼마 지나지 않아 폭소를 터뜨리며 물었다.

"… 뭐 알맹이? 푸하핫! 그거 되게 웃기다. 무슨 뜻이야?"

"그러니까 청포도에이드를 마시다 보면 달아서 금방 질리잖아. 그러다 입속에 들어오는 알맹이 식감 덕에 물리지 않아서 끝까지 마시게 되고. 그래서 지금의 나는 단순한 일탈이 아니라, 살아가는 데 있어 청포도 알맹이와 같은 거야."

내가 초등학교 입학 전, 일곱 살이 되던 해다. 때마다 유행하는 트렌드가 있듯이, 당시에는 선풍적인 인기를 끌었던 웅변대회가 그 역할이었다. 그 나이대 대부분 아이들이 부끄러움이 많은 듯이, 나 또한 많은 사람들 앞에서 말하는 것을 원치 않았지만, 어느 날 엄마가 돈까스를 먹으러 가자고 꼬드긴 탓에 들뜬 채로 웅변 학원에 들어가게 되었다.

하지만 엄마의 기대와 달리 반년이 넘는 시간을 쏟아도 끝내 재능은 보이지 않았고, 그 뒤로는 자연스레 그만두었다. 시간이 흘러 잊고 있던 이력을 10년이 훌쩍 지난 오늘, 소녀를 통해 끄집어내며 드디어 그 효과를 발휘할 수 있었다.

"근데 너는 왜?"

진땀 흘리며 알맹이가 가져야 할 의미를 그럴싸하게 지어내고 나서야 소녀를 자세히 들여다보았다. 나를 멀뚱히 쳐다보는 소녀는 외투 한 장 없이 핑크색 환자복만 입고 있었다. 사연을 묻거나 병원에서 왜 도망 나왔는지 궁금해하는 건 실례인 것 같아 난감해하던 중에 소녀가 먼저 입을 열었다.

"나도야."

"뭐가?"

"나도 청포도 알맹이 할래!"

해맑은 미소로 말하는 소녀의 넉살 덕분에 어색했던 분위기가 조금은 풀어진 듯 하다.

"아직은 그렇게 입기에 아침 바람 쌀쌀하지 않아?"

나름의 포커페이스를 유지하며, 병원에 관한 이야기를 듣기 위해 소녀가 입은 환자복으로 대화를 유도했다.

"날씨? 너 내가 입은 옷이 예뻐 보였구나? 궁금하면 한번 입어볼래?"

"아니, 전혀."

소녀의 뻔뻔한 태도에 무관심한 뉘앙스로 대답했지만, 소녀는 나의 이런 반응은 예상하지 못 했는지 의외라는 표정과 함께 슬라임을 한참 주물럭대며 질문 공세를 펼쳤다.

학교 분위기는 어때?

그럭저럭 평화로워.

공부는 어렵지? 작년부터 수능 난이도 더 올랐다고 하던데.

그럭저럭 할 만해.

근데 너 왕따야? 땡땡이는 보통 친구랑 같이 치지 않나?

'크흠…'

여러 질문을 받으며 가끔 날카로운 질문에 흠칫하기도 했지만, 그럴 때마다 바라본 순수한 얼굴에는 악의가 전혀 느껴지지 않았다. 그렇기에 의도치 않은 수차례의 비수가 내 가슴에 더욱 깊게 박혔다. 차마 따질 수도 없는 노릇에 속으로는 슬슬 소녀를 향한 질문을 준비했다. 이미 머릿속은 궁금증으로 분주했지만, 나는 대화 내내 신경 쓰였던 존대법을 제일 먼저 지적하지 않을 수 없었다.

"근데 왜 너 나한테 반말 해? 아무리 높게 쳐 봐도 내가 **오빠** 같은데?"

슬라임에 집중하던 소녀가 잠시 고개를 갸웃하며 뜸을 들이다 곧 장난기 가득한 얼굴로 말했다.

"너 나한테 오빠 소리 듣고 싶구나?"

말의 의도를 소녀는 제대로 이해하지 못 했다. 나는 동방예의지국에서 중요시 여기는 나이를 강조한 것이지만, 소녀는 포커스를 '오빠'라는 단어에 두며 한껏 올라간 입꼬리로 말했다.

"오…빠?"

나는 하늘에 맹세할 수 있다. 절대로 소녀에게 오빠라는 말이 듣고 싶어서 꺼낸 얘기가 아니라는 것을. 분명 내 귀가 빨갛게 보이는 건 유리창을 관통하는 태양빛에 의해 달아오른 거지, 그 외의 이유는 없다.

나는 명백했기에 부정의 의미를 담아 고개를 수차례 저었고, 속사정을 알아채지 못 한 소녀에게 정확한 의사를 재차 밝히기 위해 입을 떼려 했다. 그러나 이미 내 입술은 양쪽으로 넓게 벌어져 있었다. 따라 광대도 높게 솟아올랐다. 오늘부로 나는 내 얼굴에 붙어 있던 입과 광대와 단절하기로 하며, 그들은 더 이상 내 신체가 아니게 되었다. 30분 넘게 해맑았던 소녀지만 지금 보이는 웃음은 결이 달랐다.

"그러고 보니 내가 나이를 얘기 안 해줬네? 당연히 동갑 아니면 내가 누나겠거니 싶어서 반말한 거였어."

소녀의 뚱딴지같은 말에 다시 한번 물었다.

"왜 네가 내 누나가 되는 거야?"

"너 교복 입고 있잖아. 열아홉인 내가 10대 꼭대기에 있으니까 당연한 거 아니야?"

소녀의 얘기를 듣고 얼음이 되어버렸다. 담담한 척 깜빡이지 않고 원래 내 눈인 양 애써봤지만, 파르르 떨려오는 안면 근육은 어쩔 도리가 없었다.

"열아홉이구나…"

"내 나이 들으면 누구나 너처럼 놀라. 내가 봐도 어린애처럼 보이니까, 안 그래?"

그녀는 익숙하다는 듯 시선을 창문으로 돌려 얘기를 이어갔고, 얼굴의 미소는 한눈에 알아볼 수 있을 만큼 희미해졌다.

"병이야, 희귀병. 올해로 5년 정도 됐어. 성장이 멈춘 건데 호르몬 결핍증도 아니고 왜소증도 아니야. 의사 선생님 말로는 발육장애라고 하던데, 우리나라에서는 흔치 않아서 비슷한 사례조차 찾을 수 없대."

그녀는 어려운 얘기를 꺼냈지만, 혹여 나까지 불편해질까 다시금 미소를 지었다.

"뭐, 타고난 거야. 본받도록 해."

꺼내기 쉽지 않은 그녀의 고백에 분위기 환기가 필요하다고 느낀 나머지 서둘러 본래 주제로 돌아왔다.

"우리 친구야. 나도 열아홉 살이니까."

내 나이를 들은 그녀는 금세 웃음을 되찾고는 '오빠 소리는 취소'라는 둥, 못 들어서 '아쉽겠다'라는 둥 틈새를 노린 짓궂은 장난을 쳤다. 빨개진 얼굴을 숨기려 내다본 창밖에는 직장인들의 점심시간으로 꽤나 북적이고 있었다. 손에 쥐고 있던 슬라임을 겹겹이 쌓은 그녀가 힘없이 내게 말했다.

"햄버거야, 맛있겠지?"

그녀의 무기력한 표정을 보니 나도 따라 허기가 졌다. 아침을 먹지 못한 채 급히 집을 나선 터라, 정오가 되도록 공복인 셈이다.

"뭐, 괜찮은 식당이 있나?"

식당을 찾아보려 창밖을 다시 내다보니, 아까 전 누군가를 급하게 찾

열아홉과 열아홉, 열아홉의 열넷

던 간호사들이 떠올랐다. 그녀는 본인이 쫓기는 상황임을 잊었는지, 슬라임으로 만든 햄버거를 입에 넣는 시늉을 하고 있었다. 그녀의 행동을 제지하며 물었다.

"근데 너 도망치던 거 아니었어? 이렇게 한가해도 돼?"

해맑은 그녀는 익살을 부리며 대답했다.

"쫓기는 거라면 걱정 안 해도 돼. 여기까지 절대 못 와. 한숨 자고 일어나도 모를걸?"

말이 끝나자, 나를 따라 창밖을 쳐다보던 그녀는 점차 웃음기를 잃었다. 그녀 앞에 널브러진 슬라임도 공기에 닿아 서서히 굳어 갔다.

잠깐의 정적이 흐른 후, 내 두 눈을 쳐다보던 그녀가 미소를 지으며 말했다.

"야, 가자—"
"어디를 가?"

나는 대답을 듣기도 전에 그녀의 손에 이끌려 자리에서 일어섰다. 그녀의 갑작스러운 터치로 공기의 기류가 달라졌고, 그 끝엔 그녀와 함께였다.

"우리 도망."

그리고 그녀의 입에서 나온 짧은 대답은 내 심장을 천둥번개처럼 터질 듯 뛰게 만들었다.

아름다운 꽃에는 가시가 돋아있다

3장

아름다운 꽃에는 가시가 돋아 있다
EP. 1

    벚꽃잎이 소나기처럼 무수히 흩날리던 3월의 어느 날, 전국에서 치러지는 모의고사는 오후 예정된 시험을 앞두고 점심시간 중에 있을 것이다. 그리고 나 또한 수능을 대비하는 고등학생으로서 식사 메뉴를 고르고 있다. 다만 상황이 조금 달랐다. 내가 잠시 제정신을 잃었던 건지, 악귀라도 씌었던 건지, 해본 적 없는 '일탈'이라는 행위를 저지르고도 모자라, 처음 만난 사람과 함께 도주 중에 있다.
    익숙했던 냄새는 낯선 감촉으로 바뀌었고, 싸한 공기가 순식간에 내 주위를 감싸 돌았다. 목구멍을 타고 넘어간 침 한 방울에 긴장감을 알아챘지만, 내가 아닌 남이 열쇠를 쥐고 있기에 지금의 나로선 해소할 방법을 찾지 못할 것이다.

"야! 저기 샌드위치 가게 가서 타코 먹자!"

내 옆에 붙어 있는 그녀는 나와는 전혀 다른 모습이었다. 긴 시간 상당한 체력을 소모했을 그녀는 굶주린 짐승처럼 먹잇감을 찾아 이곳저곳 눈길을 돌리다가 근처 상가에 있는 샌드위치 가게를 가리키고서는 말했다.

"너도 경계심 좀 가져야 하는 거 아니야?"

오늘 아침, 각오는 했었지만 이런 전개는 예상하지 못했다. 해보지 않은 일을 한다 해도, 전혀 관심 분야가 아니었던 일을 하고 있기에 몇 시간 전과 비교하면 큰 거리감이 느껴졌다. 그리고 어느새 내 손에는 베이컨 아보카도 샌드위치가 쥐어져 있다.

"네가 먹고 싶다는 거 먹자면서 왜 카드는 없냐?"

그녀는 작은 두 손을 한데 모아 타코를 쥔 채 두세 번가량 제자리에서 점프를 했다. 땅에 착지할 때면 그녀 주머니에서는 동전끼리 부딪히는 경쾌한 소리가 따랐다. 그녀가 태평한 표정으로 내게 말했다.

"아니, 타코가 먹고 싶은 걸 어떡해! 그리고 나 돈 있다니까?"

틀린 말은 아니었다. 그러나 타코를 구매할 때 역시 내가 계산할 수밖에 없었다. 슬라임카페에서 나오기 전 이용 금액을 계산하던 그녀는 카운터에서 아동용 캐릭터 동전 지갑을 꺼내 한참 동안 개수를 맞췄었고, 쫓기는 입장에 그 모습을 길거리에서 재연한다면 덫에 스스로 몸을 집어넣는 꼴이 되고 만다. 그로 인해 나는 카드를 꺼내 그녀 몫까지 계산을 마쳤다.

'다음엔 내가 얻어먹겠어—'

우리는 각자 다른 음식을 손에 들고서 앉을 자리를 찾기 위해 쉬지 않고 걸었다. 걸음을 떼고부터 말수가 줄어든 그녀를 의식하고 있었는데, 그녀가 갑자기 자리에서 멈추더니 생각이 많아 보이는 얼굴로 말했다.
"흠… 역시 여기서 먹는 건 올바르지 않은 것 같아."
드디어 그녀가 여유 없는 상황을 자각한 거라 생각했지만, 역시나 그녀는 변치 않았다. 그러나 뚱딴지 없는 말임에도 어느 정도 일리는 있다. 점심시간이 끝나 한산해진 거리에, 사람들 틈에 섞이지 못한다면 마냥 거리를 떠도는 것보단 안정된 장소에 숨는 편이 낫다.
지친 건 우리뿐만 아니라 간호사들도 매한가지고, 눈에 띄지 않는 장소를 찾기보다는 마땅치 않더라도 벤치에만 앉아 있으면 어색하지 않을 것이다. 물론 그녀가 의도해서 말한 건 아니었겠지만 어쨌든 결론은 같다. 그녀를 칭찬하려 고개를 돌렸을 땐, 가로등 아래 몰려 있는 까마귀들뿐, 그녀는 눈 깜짝할 새 내 앞을 앞지르고는 해맑게 뛰고 있었다. 그녀의 능력은 학교에서도 학원에서도 가르쳐주지 않는 타고남이라는 것을 그녀를 보며 배워간다. 그녀는 눈치가 없다.

"뭐해! 안 따라와?"
그녀의 샤우팅은 내 주위에 형성되었던 차가운 유리를 깨뜨려 조각으로 만들었다. 어쩌면 그녀는 도망을 자초해 즐기는 타입일지도 모른다. 주변에 머물던 까마귀들조차 큰 소리에 놀라 날아가 버렸다.
'좀 작게 말해줘, 부탁이야….'

햇살 덕분인지 들고 있던 음식은 5분이 넘었는데도 제법 따뜻하다. 그렇다고 샌드위치를 언제까지나 장식으로만 취급할 순 없었다. 스멀

스멀 올라오는 샌드위치 냄새로 허기를 견디기엔 버겁다 못해 가혹했다. 겨우 벤치를 발견해도 그녀의 변덕은 '냄새가 난다', '길 한복판이다' 등 온갖 핑계만 늘어놓을 뿐이다. 그중에서도 '구름이 안 걷혔다'라는 핑계는 가장 터무니없었다.

그늘도 있고 여기는 괜찮지 않아?
안 돼, 가려지잖아.
뭐가?
꿈을 꾸어야 하니까— 난….

뾰루퉁한 입술을 쭉 내밀고 어린아이처럼 행동하는 그녀에게 몇 차례의 퇴짜를 맞다 보니, 핑계만 대며 찾으려는 노력은 일절 하지 않는 그녀가 괘씸했다.
"이곳도 싫고 저곳도 싫으면 그럼 서서 먹어."
더는 나도 그녀 장단에 맞춰주고 싶지 않았다. 다리도 저려왔고, 하필 인내심이 부족한 나였기에 그녀의 말투까지 진저리가 났다. 말을 마치고 샌드위치를 먹으려 절취선을 뜯으려는 순간, 포장지 중앙에 그려진 유니콘 로고가 눈에 들어왔다. 그리고 문득 그녀라는 변수를 만나기 전, 혼자 가려 했던 사슴뿔 공원이 머릿속에 스쳐 지났다. 분명 그곳이라면 변심이 잦은 그녀조차 거부할 수 없을 것 같았다.
"정 그러면 내가 아는 공원이 있는데 거기라도 갈래?"
바람 빠진 홍보 풍선처럼 쳐져 있던 그녀가 더는 투덜거리지 않고 대답했다.

"거기라도 갈까, 그런데 좀 멀지 않나…."

"그런가? 거기 저번 달에 태어난 사슴도 있다는데, 그럼 뭐 여기서 먹—"

여러 번의 시행착오 끝에 알게 된 건, 생각보다 쉬운 까탈스러운 그녀를 공략하는 방법이었다.

"얼른 따라와!"

옆 동네라면 간격도 충분히 벌릴 수 있고, 벤치도 워낙 많아서 그 많은 선택지가 전부 거절당하는 게 더 어려운 일이다. 한시름 놓고서 그녀의 등을 보고 따라가는데, 돌아선 그녀가 길을 잃은 미아처럼 말한다.

"근데 어디로 가야 해?"

EP. 2

"우와! 진짜 사슴이잖아? 너무 귀엽다! 얼른 핸드폰 꺼내서 사진 찍어줘!"

우리는 공원에 도착하고 제일 먼저 사슴우리로 향했다. 햇살을 피하기 위해 오두막으로 옹기종기 몸을 숨긴 사슴들이 많아, 사실상 볼 수 있는 사슴은 서너 마리가 전부였다. 그렇지만 운이 좋게도 새끼 사슴의 관리가 끝나 어미 곁으로 돌아온 덕분에 우리는 새끼 사슴 곁으로 다가갈 수 있었다. 새끼 사슴은 별다른 애교를 부리지는 않지만, 존재만으로 사람들의 독보적인 사랑을 받았다.

"대개 고양이들은 내가 '야옹'거리면 좋아하던데, 왜 사슴은 내 눈을 안 마주치는 거야!"

"사슴한테 야옹거리는데 너라면 알아듣겠어?"

"어? 일로 온다! 봐봐, 좋아하잖아!"

사슴들은 발을 굴리며 아등바등대는 그녀의 구애가 안타까워 보였는지, 그녀 덕분에 나도 사슴들을 가까이서 관찰할 수 있었다.

'… 귀엽다.'

계속 보다 보니 그녀보다 내가 더 사슴에 빠지고야 말았다. 사슴의 매력을 알아채는 데 그리 많은 시간은 필요하지 않았다. 울타리 안으로 손을 뻗으면 사람의 때가 익숙한 듯 사슴 한 마리가 이마를 내어줬고, 작은 크기의 사슴이 다리를 헛디뎌 넘어지면 어미 사슴이 다가와 머리로 일으켜 세운다. 조용히 관람에 집중하는 그녀를 쳐다보았다. 그녀에게서 처음으로 사람 냄새가 풍긴 탓에 넋을 놓아버린 나는, 사슴이 아닌 그녀에게서 동요되고 있는 것 같았다.

"저게 아빠 사슴인가? 푸하핫! 생긴 게 너랑 똑같아, 봐봐!"

혹시나 그녀와 눈이 마주칠까 서둘러 고개를 돌린 나는, 그녀 말에 오두막 그늘 아래 잠든 사슴 한 마리를 바라보았다.

"뭐야, 못생겼잖아. 너도 그럼 그 옆에 누워 있는 사슴이랑 닮지 않았어?"

그녀가 가리킨 사슴은 이곳에 왔을 때부터 내내 누워 있던 게으른 사슴이다. 그 주변엔 배설물이 쌓여 있었고, 가끔 그곳에 걸쳐 있던 날파리가 혹여 내 몸에 닿을까 신경을 써야만 했다. 그녀의 의도는 나를 약 올리는 데 있었고, 나도 반격하려 그녀가 말한 사슴 옆에 있는 사슴을 콕 집어 말했다.

"뭐 저 정도면 예쁜데? 근데 너 닮은 사슴이랑 부부 아니야?"

의외로 거부 반응 없는 그녀는 되려 내게 질문을 했다. 그녀 말에 내가 지목했던 사슴을 다시 보니 속눈썹은 길고 눈이 똘망한 게 정말 암컷 사슴처럼 보인다. 어떤 공격이든 전부 맞받아치는 그녀는 내게 넘지 못할 담벼락과 같았다.

"에이… 반대편에 있는 게 엄마 사슴 같은데—"

"너 또 그런다~ 내가 너 아빠 사슴 닮았다고 하니 일부러 엄마 사슴 가리킨 거지? 역시 너 나 좋아하는구나?"

그녀는 나를 놀리는 데 재미 들인 모양이다. 반박은 통하지 않을 그녀에게 나는 샌드위치로 겨우 관심을 돌릴 수 있었다. 구경을 마치고 사슴 우리에서 그리 멀지 않은 거리에 놓인 벤치로 이동했다.

"후하, 남자친구가 사줘서 그런가, 식은 음식도 맛있네."

타코를 크게 한 입 베어 문 그녀는 장난스러운 농담으로 내 음식에 재를 뿌렸다. 사례가 걸려버린 나는 입을 가리고 어눌한 말투로 그녀에게 말했다.

"먹을 때만큼은 휴전하자, 우리."

해가 기울어가고, 샌드위치를 다 먹은 나는 아까부터 물어볼 타이밍을 놓쳐 속에만 담아 놓았던 질문들을 떠올렸다. 입안 가득 음식을 머금고 있는 그녀가 혹여나 체라도 할까 걱정되어, 먹는 속도에 맞춰 천천히 물었다.

"근데 넌 왜 도망친 거야?"

"도망이라…."

고개를 푹 숙인 그녀의 얼굴은 기다란 머리카락에 가려져 쉽게 볼 수 없었지만, 떨려오는 목소리에서 내 질문이 섣불렀음을 느꼈다.

"말하기 어려우면 안 해도—"

"아무도 나를 이해해 주지 않았어."

연못 한가운데 잔잔한 파동에 얹혀 흐르는 나뭇잎처럼, 그녀의 목소리는 내 마음에 서서히 다가온다. 내가 그녀에게 닿으면 큰 파장을 일으킬 돌멩이가 될까 두려워 조용히 두 귀만 열었다.

"눈 뜨면 의지할 곳 없는 세상에서 '도와 달라고, 제발 도와 달라고' 붙잡고 소리쳐도 돌아오는 말은 '쟤는 정신이 이상한 애니까 내버려둬'뿐이었어. 주치의 선생님도 간호사들도 모두 다. 병원에서는 내가 오늘 당장 죽는다 해도 이상하지 않대. 왜냐면 내 병명을 모르니까. 단지 성장만 멈췄을 뿐인데. 초등학교 졸업식 때 친구들이랑 어깨동무하고 찍은 사진을 보면, 내가 제일 크더라. 나이 먹으면 아니겠지—그래도 나는 지금의 내가 좋아. **열네 살** 몸에 머물러 있지만, 가장 행복했던 시절로 살아가는 거거든."

그녀의 말을 들으니 속에서 화가 치밀었다. 환자를 헌신짝 취급하는 병원도, 아무도 도와주지 않는 어른들도 그 모두에게 말이다. 나라고 그녀를 크게 도울 수 있는 건 아니지만, 작은 위로라도 그녀에게 힘이 될 거라 생각했다.

"… 괜찮아?"

"괜찮아. 익숙해. 반응은 대부분 둘 중 하나니까, 너처럼 위로해 주거나 뒤에서 욕하거나."

"욕을 한다고? 도대체 왜?"
"위로는 고마운데, 너도 똑같을 거야."
"난 너한테 손가락질 한 적 없어."
"사람은 나약한 존재래. 그런 자신을 지키기 위해 남이 필요한 거고. 남을 동정하거나 욕하는 거, 결국 자신을 기 세우기 위한 건 다를 게 없잖아, 안 그래?"

그녀의 말에 망치로 맞은 듯 머리가 울렸다. 과연 나는 연민의 마음으로 그녀에게 위로를 건넨 것일까? 내가 무의식적으로 말한 한마디 한마디가 그녀의 상처에 소금을 뿌린 꼴일까? 쉽게 대답할 수 없었다. 의미 없는 시간은 저 하늘 구름처럼 흘러가는데, 함부로 말을 뱉는다면 분명 그녀에게 커다란 **재해**를 끼칠 것이다. 정말 그녀를 연민의 눈으로 바라보지 않았냐고 묻는다면, 아니라고 대답한들 양심에 무거운 가책을 느끼고 만다. 지금의 나에겐 웅변학원도, 모든 정보가 담긴 인터넷도 소용이 없었다.

"근데 이제는 평생 늙지 않아서 좋겠다는 말도, 옷 살 필요 없어서 부럽다는 말도, 전부 그러려니 하고 웃어넘길 수 있어. 나를 비웃는 사람들처럼 나도 불쌍한 사람이겠구나 생각하거든."

그녀는 지금까지 상상도 못할 일을 겪으며 단단한 사람이 되었다. 단단해져야만 살아갈 수 있었다.

"정작 내가 무서워한 건 내 몸에 잠긴 병이 아니라, 내 귀에 속삭이는 사람들 입이야. 근데 나도 그 두 부류에 속했으니까, 다를 거 없겠지."

그녀를 돕고 싶다. 결코 그녀를 통해 내 자신을 위로하거나 자존감을 높이려는 게 아니다. 한 번도 느껴본 적 없는 감정으로, 설사 내 행위가 동정이라는 과정을 거친다 해도, 다른 결과가 있다는 걸 그녀에게 알려주고 싶다.

"선택지가 두 개 말곤 없는 거야?"

"그렇지 않아?"

"지금의 나로선 알 수 없지만, 다른 선택지도 있어. 분명히."

"너도 똑같이 될 거야. 나는 그게 변하는 거라고 생각 안 해, 그저 가면 속에 숨겨져 있던 본심일 뿐이니까."

그녀의 말이 정답처럼 보였지만, 사실은 뼈가 없다. '영원'이라는 단어가 모순적이게도 영원하지 않은 것처럼, 변할 수 있다는 말이 변하지 않는 결과로 이어진다면, 변할 수 있다는 말은 변할 수 없다는 말로 바뀌는 모순이 된다. 그녀가 단정 지은 답은 같은 19년을 산 나도, 살날보다 생의 마감에 가까워진 어르신도, 어쩌면 신마저도 알지 못해 인간을 만든 이유일지 모른다.

그녀의 입장을 전혀 이해 못 하는 건 아니다. 고민이 생기면 차라리 지나가는 개에게 털어놓을 정도로 사람을 좋아하지도 믿음을 주고받지도 않는다. 마냥 어릴 적부터 이런 생각을 가졌던 것은 아니다.

'어떤 상황에서든 실수로 빈틈을 보이지 말거라.'

유년 시절부터 아버지로부터 듣던 말이다. 어릴 적부터 남들보다 유난히 덜렁이던 성격에 필통 같은 큰 물건도 자주 잃어버리던 나는 언제나 친구들의 놀림감이었다. 그래서 '호구'라는 별명이 꼬리표처럼 내 이름 뒤에 따라붙었던 것이다. 친구들 앞에서 서러운 눈물을 쏟아도, 하지 말라고 주먹을 쥐고 덤벼 봐도 멈추지 않던 스톱워치는 오히려 내가 모든 걸 내려놓고 자진해서 호구가 되어버리니 끝이 났다.

　사람을 등지고 혼자 있는 시간이 길어지면서 엄마의 근심도 함께 커져갔지만, 나는 나를 위한 최선의 선택을 했을 뿐이다. 그러던 중 내게 처음으로 친구가 생겼다.
　시간이 흘러 내가 고등학교에 입학하던 해다. 동급생들과 대화를 해야 할 때면 말 한마디마다 온갖 신중을 기울였는데, 오해받지 않겠다는 명목으로 대답을 준비하는 시간이 길어질 때면 친구들은 재촉 없이 기다려주었다. 더 나아가 친구들은 내게 먼저 말을 걸어주고, 혼자 급식을 먹을 때는 옆에 앉아 같이 밥도 먹어주며 '친구'라는 단어를 처음 느끼게 해주었다. 그 덕분에 서툴던 나도 어울리기 위한 나름의 노력을 하게 됐다. 하루는 들떠 있던 내가 식사를 하시던 아버지에게 자랑을 했다. 당연히 좋아하실 거라 생각했지만, 아버지는 딱딱한 투로 소주 한 잔을 곁들이며 말했다.
　"조심해라, 친구라 해서 믿지 말고 사람은 다 똑같으니까."
　나는 아버지 반응을 전혀 예상 못 했다. 자식이 친구를 사귀었다는데 칭찬은커녕 의심하라는 말을 하다니. 그날 이후 아버지에 대한 마음은 굳게 닫혔고, 부자 관계는 냉기로 가득 찼다.
　그리고 고등학교 1학년 마지막 시험인 기말고사 전날, 어머니를 실망시키지 않으려 어김없이 방에 틀어박혀 공부하던 중이다. 딱 한 번의 노크로 내가 대답을 하기도 전에 방문이 열렸고 그곳에는 어머니가 아닌 아버지가 서 있었다. 나를 겉으로라도 응원해 주려나 기대했지만, 아버지는 훈수만 늘어놓았다. 산산조각 난 기대에 나는 어린 시절에 이어 또 한번 호구가 되었다.

"경쟁자 앞에서 빈틈 보이지 마, 좋은 대학 가면 좋은 사람은 따라온다."

아버지가 조언이라며 내놓은 말에는 내 마음을 헤아리려는 노력이 일절 없었다.

"실수와 빈틈, 무시 받지 않기 위한, 등을 보이면 안 되며―"

아버지는 그 뒤로도 '나를 위해서'라는 핑계로 일방적인 대화를 이어갔다. 물론 한쪽 귀로 흘려들었지만, 중간중간 뇌리에 박힌 말들은 내 머릿속을 천천히 잠식해갔다. 이야기를 다 끝낸 아버지가 문을 열고 내 방에서 나갔어도, 여전히 아버지는 내 방 안에 머물렀다.

언제나 그랬다. 자아를 형성하던 시기에는 실수가 당연한 나이였음에도, 아버지는 다그치듯 나를 혼냈고 죄책감에 휩싸인 나는 대응하는 법을 터득해 갔다.

시간이 지나 머리가 커지고 잔꾀도 늘면서, 상황이 닥치면 나는 해결보다는 시뮬레이션을 통해 순간 모면하는 대처를 택했다. 하지만 회피는 오래가지 못했고, 책임의 결과는 산사태처럼 쌓일 뿐이었다. 아버지는 나를 더욱 야단치셨고, 그날 하루는 자책으로 시작해 죄책으로 끝을 맺게 된다. 하지만 내가 고등학생이 되고서 만난 친구들은 달랐다. 작은 실수에도 괜찮다, 실수 안 하는 사람이 어디 있냐며 위로의 말을 건네고, 누구나 그럴 수 있다며 응원해 주었다.

그럼 나는 누구 말을 믿어야 할까? 누구 말이 맞는 걸까? 나를 위한다는 아버지는 정작 나를 혼내기에 급급하고, 그런 나를 달래주는 건 피한 방울 안 섞인 남인데, 아버지의 훈수는 정말 나를 위했던 것일까? 나는 보란 듯이 아버지의 말에 열심히 따랐다. 실수를 용납하지 않았고, 동시에 친구가 단순한 경쟁자가 아닌 마음을 나눌 수 있는 사이임을 증명하려 피땀을 흘렸다.

그러나 이런 노력에도 불구하고 얼마 가지 않은 초침은 모질게만 들렸던 아버지의 말을 이해시켜 주었다. 시험 당일, 나는 시험에 있을 변수에 대응할 수 있도록 강박처럼 여러 상황에 맞춘 두세 가지 방안을 모색한 뒤 수학 시험에 임했다. 희망하던 대학교 입시 전형을 수시로 목표하여 1학년 생활을 계획대로만 보내고 있었기에, 안정권으로 합격하기 위해서는 기말고사를 좋은 성적으로 치러야 했다.

시험 날 새벽까지 예상 기출지 두 권을 전부 풀었고, 혹여 시험 도중 졸세라 체질과 맞지 않는 고카페인 음료도 마셔가며 시험 때 생길 수 있는 문제를 사전에 차단해 놓았다. 종이 울리고 받은 OMR 카드에 이름부터 적은 다음 시간 계산을 하며 문제를 꼭 두 번, 아니면 세 번씩 각각 다른 공식으로 풀었지만 문제는 시험 끝나기 5분 전 발생했다.

OMR 카드를 확인한 나는 머릿속 회로가 멈춰버렸는데 시험지와 OMR 카드를 나란히 겹쳐 둔 채, 문제를 풀면 바로 마킹을 하다 보니, 그만 나도 모르게 답을 밀려 쓰고 만 것이다. 책상이 좁아 중요한 일부만 보이게끔 OMR 카드 위에 시험지를 두었던 것이 원인이었다.

급히 선생님께 받은 OMR 카드에 답을 옮기려 했으나, 지진처럼 흔들리는 동공 때문에 4문제만 풀게 되는 실수를 범했다. 물론 주관식도 이하동문이다. 완벽하려 한 게 도리어 악수가 됐던 걸까. 정작 나는 가장 하면 안 되는 패착을 두고 말았다.

평정심을 잃어 남은 과목들 역시 좋지 않은 결과로 이어졌다. 내가 가장 두려웠던 건 시험지 위 평가된 점수보다 짐작이 되는 아버지의 반응이었다. 그나마 다시 일어날 수 있었던 건 나의 친구들이 있었기 때문이다. 하얗게 질린 내 얼굴을 본 친구들은 밥도 먹지 않은 내가 걱정된다며 조용히 책상 위에 빵을 올려주고, 손을 모아 내 어깨를 토닥이며 함께 슬퍼했다. 활기를 되찾기란 쉽지 않았지만, 친구들의 위로는 내가 다시 일어설 수 있는 원동력이었다.

두 다리를 부여잡고 화장실로 향한 나는 얼굴에 물을 적셨다. 볼에 맺힌 찬물은 따뜻했고, 거울에 담긴 얼굴은 마냥 슬퍼 보이지도 않았다. 약간은 괜찮아진 걸까, 친구들에게 고맙다는 말을 생각할 정도로 머릿속은 정리가 되었다.

그대로 화장실을 나와 반으로 가기 위해 복도를 지나는데, 익숙한 목소리가 내 귓가에 들려왔다. 누군가를 저격하는 험담 소리에 괜찮다고 다독임을 받았던 내 어깨의 감촉은 차갑게 식었다. 내가 자리를 비운 짧은 시간 동안, 나는 나도 모르는 호구가 되어 있었다.

그치? 나만 느낀 거 아니지? 공부 좀 한다고 나대는데, 대가리 한 대 쥐어박고 싶더라.

학원비 그렇게 내는데, 그 정도 성적 못 나오면 그게 정상인가?

그래도 걔한테 잘 보여야 해. 혹시 몰라? 걔네 엄마가 걔 다니는 학원에 우리 꽂아줄지도.

아, 근데 답 밀려 쓴 거 너무 꼬시네, 걔는 중요할 때마다 꼭 그러더라.
 나는 알고 있지~ 우리 전교 1등님이 실수할 수밖에 없던 이유를.
 왜? 뭐 있는 거야?
 아, 이거 진짜 비밀인데, 어차피 너네 딴 데 가서 뿌리고 다닐 게 뻔하니까 내가 알려 줬다고만 말하지 마.

 문 하나를 두고 그들이 나에 대한 유언비어로 험담을 주고받으며 친목을 도모할 때, 나는 지옥에 있었다. 올림픽에 나간 양궁 선수들이 표적을 노릴 때 거리가 멀어 보이지 않기 때문에 감각에만 의지한다고 한다. 그리고 나는 표적이 되었고, 그들은 보이지 않는 나를 조준해 내 급소를 족족 맞춰갔다.
 "찌라시 아니야? 저번에도 네가 말한 거 애들한테 말하니까 모른다 하던—"
 "야, 야."
 "세수하고 왔어? 혈색 좀 돌아왔네."
 "안 그래도 걱정돼서 화장실 가보려 했는데, 괜찮아?"
 울리는 종소리에 대책 없이 반으로 돌아가야 했던 나는, 그들의 위선 따위에 아무 말도 못 했다. 내 모습을 본 그들은 다시 숨겨 놓았던 가증스러운 가면을 쓰며 나를 맞이했고, 혐오는 반대로 무력한 나만을 갉아 먹었다. 처음으로 죽음이 두렵게 느껴지지 않았다.

 그날 저녁, 도망치는 법도 알 리 없던 나는 한참을 망설이다 시멘트가 된 발을 떼고, 끝을 앞둔 사형수의 심정으로 현관문을 열었다.

"아들~ 배고프지? 가방 내려놓고 밥부터 먹어."

저녁 식사를 준비하시던 어머니는 식탁 위에 나를 위한 고봉밥을 한 가득 올렸다. 성적에 관해서라면 아버지보다 어머니의 입김이 더 세다는 걸 알기에, 나는 차마 마음 편히 밥을 먹을 수 없었고 아직 끝나지 않은 시험을 준비한다는 핑계로 내 방에 들어왔다. 옷도 갈아입지 못한 채 책상에 앉아있을 때, 노크 소리가 들렸다.

―똑, 똑, 똑

일어설 기력도 없던 나는 앉은 자세를 유지한 채, 방문 너머에 서 있을 어머니에게 말했다.

"밥 안 먹어. 밖에서 먹고 왔어."

그러자 또 한 번 노크 소리가 들렸다.

"밖에서 먹었―"

세 번의 노크를 하고 들어온 사람은 다름 아닌 아버지였다. '올 게 왔구나' 싶어 야단맞을 준비를 하고 있는데, 아버지는 한참 동안 말이 없으셨다. 그때 바라본 아버지의 모습은 당시의 나로선 도통 알 수 없는 얼굴이었고, 처음 보는 떨떠름한 표정은 어쩐지 내 마음을 편안하게 만들었다. 담임 선생님의 귀띔으로 어느 정도는 알고 계신 눈치였는데, 아버지는 한마디도 하지 않고 내 책상 위에 비타 음료와 5만 원권 현금을 두고 그대로 방을 나갔다.

멍하니 바라본 책상 위에는 구겨진 종이들과 빈 카페인 캔 잔해가 한 가득 깔려 있었지만, 아버지의 인정만이 은근히 빛났다. 아마도 그때 내가 미워했던 건 아버지도, 가짜 소문을 퍼뜨리던 친구들도 아닌, 바로 내 자신이었던 것 같다. 그 뒤로 나는 나를 위해서라도 악착같이 나만을 믿기 시작했고, 얼마 지나지 않아 우리 가족은 지금의 동네로 이사 올 수 있었다.

"나도 사람은 못 믿어 근데 아쉽지 않을까?"
"뭐가?"
"변할 수 있다는 선택지도 있을 텐데 그렇게 단정 짓고 문 닫은 거 말이야."
"그런 건 없어."
"그런 건 없었겠지, 아직 겪어보지 않았다면."
"… 어떻게 해야 알 수 있는 건데?"

그녀가 흔들렸는지 내 말에 기세를 굽히고 동조했다. 나조차도 알 수 없는 무책임한 말이지만, 어쩌면 그녀를 통해 해답을 찾아낼 수 있을 거라 생각했고, 그녀의 마음이 금세 변할세라 망설임을 숨기고 확신이 찬 한마디를 전했다.

"내가 **변해갈게**."

그녀는 말이 없었다. 숙인 고개에 머리카락으로 가려져 얼굴을 자세히 볼 수 없었지만, 지금의 침묵은 왠지 긍정적으로만 받아들여졌.

"흐음, 이 맛있는 걸 사슴들은 못 먹겠지? 조금만 떼서 나눠 주면 안 되나?"

한껏 진지해진 분위기를 깨뜨린 건 그녀였다. 이런 대화가 낯간지러운지 티 나게 바꾼 주제에 나도 그녀 따라 장난기 품은 얼굴로 대답했다.

"사슴들한테 나눠준다는 거 혹시 빈 포장지인 거야?"

상당한 시간이 걸렸다. 누군가를 위한다는 마음을 갖는 건. 이제는 장난스러운 맞장구에 깊은 의미를 부여할 만큼 달라진 하루 속에서 나도 달라졌다. 물론 의심하기도 했지만 그녀에게서 느껴지는 동질감은 피하기만 했던 감정을 다시 마주하는 계기가 되어주었다.

"에이 까짓거 다시 사 오면 되지!"

"설마 또 내 돈으로?"

"히히—계좌번호 알려주면 보내줄게. 그거 뭐 얼마나 한다고!"

"됐어, 어차피 사슴은 그거 먹지도 못해. 그리고 동전 지갑 홀쭉해진 거 보면 불렀던 겨우 채운 배도 금방 꺼질걸?"

"그치? 에이 아쉽다."

"근데 너 언제 돌아가려고? 지금 오후 1시니까 이제 4시간 남았어."

핸드폰이 없는 그녀에게 시간도 알려줄 겸 나는 핸드폰을 확인하고서 말했다.

"4시간? 무슨 4시간?"

"나 학교는 땡땡이 쳤어도 학원은 빼먹을 생각은 안 했는데?"

"그게 무슨 땡땡이야? 결국은 공부하러 가는 거잖아!"

이미 배운 내용을 다루는 학교와 수능을 대비해 수업을 하는 학원은 차이가 크다. 나 역시 그녀와 더 있고 싶기는 하지만 수능이 일년도 채 남지 않은 시점에서 학원마저 빼먹는다면 나는 분명 경쟁자들에 뒤처지고 만다. 학교는 어찌 넘어간다 쳐도 학원을 땡땡이친다면 뒤에 기다릴 어머니의 후폭풍은 감히 무자비하다는 말로도 포장할 수 없었다. 학원까지 땡땡이 치겠다는 고민은 일절 하지도 않았지만, 그렇다고 혼자 남겨질 그녀의 모습을 상상하니 어쩐지 안 된다는 말이 나오질 않았다.

"… 안 가면 안 돼?"

그녀가 말했다. 애써 웃어 보이는 얼굴에 웃음이 없었다. 힘들었던 얘기도 줄곧 잘 하던 그녀였기에 쓸쓸한 한마디는 내 마음을 어지럽혔다. 나는 가지 말란 말의 뜻을 알고 싶었다. 단순히 가지 말라는 말로는 안 느껴졌기 때문이다. 그러나 그녀에게 묻기도 전에 평화로웠던 우리의 점심시간은 끝이 났다.

"쉿."

갑작스레 앉아있던 벤치 뒤로 나를 끌어 당긴 그녀로 인해 숨을 죽이고 허겁지겁 몸을 숨겨야만 했다. 살짝 내밀어 살핀 주변에는 불과 몇 미터 안 되는 곳에 간호사들이 오전보다 혈안이 된 얼굴로 그녀를 어쩌면 우리를 찾고 있던 것이다.

또 한 번 그녀가 내 옷자락을 살며시 잡고는 조심스레 풀 무더기로 이동했다. 어느새 가까워진 그녀의 숨결은 스치는 바람의 실려 내 귀에 닿았다.

10분쯤 지났을까 멀어지는 간호사들 뒷모습에 긴장의 끈을 내려놓은 그녀가 내게 말했다.

"이제 여기도 안 되겠네."

그녀와 나 사이에 간격은 가까워졌고, 그녀를 통해 몰랐던 나를 알아가고 있다. 상황은 일단락되었으나, 쫓기는 상황에 많이 떨렸던 걸까? 요동치는 내 심장은 당최 멈출 기미를 안 보인다.

쭈그리고 있던 자리에서 일어난 우리는 공원 밖으로 빠져나온 뒤, 대화를 섞을 틈도 없이 목적지 없는 걸음만을 재촉했다. 이미 내 몸도 지쳤기에 도시의 끝자락에서부터 많은 걸음을 소비했을 그녀는 물어볼 필요도 없었다. 시간이 지날수록 그녀의 안 좋은 기색이 눈에 보여 염려가 됐지만, 그럴 때면 그녀는 오히려 나를 걱정했다.

내 핸드폰의 배터리도 12퍼센트로 얼마 남지 않았고, 숨통을 조여오는 간호사들로부터 도망치기란 한계라 생각한 나머지 그녀에게 행선지를 물었다. 가야 할 곳을 알았다면 이미 찾아가겠지만 그저 혹시나 하는 마음이었다.

"어딜 가야 할까… 혹시 숨을 만한 곳 좀 알아?"

"… 한 군데가 있긴 한데."

머뭇거리던 그녀는 말하면서도 주저하고 있는 게 눈에 보였다. 그녀의 고민을 끝낼 수 있는 말이 뭐가 있을까 생각한 나는 해줄 수 있는 유일한 말을 그녀에게 전했다.

"가자, 같이 도망쳐 줄게."

햇살 가득 품은 나무숲을 지나 산 중턱에 다다랐을 무렵, 마침내 우리는 그녀만의 은신처에 도착했다. 우거진 넝쿨 더미를 헤칠 때까지만 해도, 그녀에게 이곳에 관한 이야기를 전혀 들을 수 없었기에, 나는 이 장소가 어떤 의미를 지니고 있는지 짐작조차 하지 못했다.

그리고 지금 내 앞에 펼쳐진 광경은, 단순히 아름답다는 말로는 결코 담을 수 없을 만큼 비현실적으로 느껴졌다.

EP. 3

낡은 화원, 제멋대로 자란 풀 무더기는 일제히 중심의 건축물을 향해 고개를 들고 있었고, 오래된 탓에 외벽 곳곳에는 금이 가 있었지만, 세월의 흔적과는 달리 정갈하게 쌓인 하얀 타일들은 마치 누군가의 손길 아래 지속적으로 관리되어 온 것처럼 깨끗했다.

하늘을 찌를 듯 높게 솟아 있는 회백색의 뾰족한 첨탑들. 그곳에 달린 수십 개의 창문은 태양빛을 정면으로 받아 찬란한 빛을 반사하고 있다. 어쩌면, 이 주변이 화원으로 둘러싸인 이유도 오직 이 건물 하나만을 지키기 위해서였을지도 모른다. 베일에 싸인 이곳을, 그녀는 '**광연루**'라고 소개했다.

"여기… 뭐 하는 데야?"
"나만 아는 곳."

대문을 열고 들어서자 제일 먼저 눈에 들어온 건 빼곡히 배치된 의자들이다. 티테이블 하나에 두 개씩, 의자들은 일제히 작은 무대 단상을 향해 놓여 있었다. 가까이서 바라본 의자는 초록색 바탕에 빨간 장미 무늬가 얼룩처럼 섞인 다소 촌스러운 디자인이다. 하지만 외벽과 마찬가지로 이 의자도, 목재로 된 티테이블도 먼지 한 톨 없이 말끔했기에 낡아 버려진 폐가라고는 믿기지 않았다.

"신기하다. 오래된 건물인데도 되게 깨끗하네, 딱히 사람이 살진 않는 것 같은데."

"스튜디오."

"스튜디오?"

"쓰일 뻔했대. 100년쯤 전에 사진관으로. 근데 그러진 않았지."

그녀가 건물에 대해 잘 알고 있다는 게 신기하기만 했다.

"근데 너는 여길 어떻게 알게 된 거야? 역사책에 나와 있나? 난 본 적 없는데."

"비밀이야. 너랑 나만의 비밀. 여긴 아무도 몰라, 알 수도 없고."

그렇게 말한 그녀는 내 앞에서 홀연히 사라졌다. 그녀가 향하는 2층을 올려다보는데, 커다란 샹들리에가 매달려 있었다. 얼핏 보면 사람의 눈동자처럼 보이는 착시에 꽤나 불쾌했다. 그 위로는 두 개 층이 더 쌓여 있다. 놓칠세라 그녀를 따라 나도 위층으로 향하는 계단에 올랐다.

"100년? 그 시대에 이렇게 화려한 건물을 지을 수 있었던가?"

"일본한테 지배받던 시절에 지어졌으니까."

그녀의 설명을 듣고 나니 내가 서 있는 이 건물이 아까와는 다르게 와닿았다. 우리나라 정서와는 어울리지 않았을 중세풍의 이국적인 양식은 역시 그 시절 지어진 흔적이었다. 어쩌면 여기에도 수많은 이들의 피와 고통이 깃들어 있는 건지도 모른다.

"그럼 우리나라 사람을 위한 건물로 쓰이진 않았겠네. 너는 여길 왜 아지트로 삼은 거야? 아무도 못 찾아서?"

"여길 오면… 꿈을 꿀 수 있거든."

그녀의 말이 끝나자 우리는 2층에 도착했다. 대화를 나누면서도 고스란히 느낄 수 있었던 건 건물의 웅장함이었다. 말끝마다 따라오는 메아리는 마치 우리 외에 또 다른 누군가가 있는 듯한 착각을 불러일으켰다.

"뭐야… 여기?"

올라온 2층은 1층과 전혀 다른 분위기를 풍겼다. 나도 모르게 탄성이 흘러나왔지만, 겸연쩍었던 건 그녀의 무반응이다. 하루 종일 밝았던 그녀가 이 건물에 들어선 이후로 한 번도 웃지 않았다.

"여긴 전시장이었나?"

1층을 내려다볼 수 있는 긴 발코니를 따라 안쪽으로 들어가자 벌거벗은 여인의 조각상과 다듬어진 바위, 일정하게 빚어진 토기들이 전시되어 있었다. 예술을 함부로 대하지 않았던 당시 하객들의 수준을 엿볼 수 있는데, 박물관을 방불케 하는 고퀄리티의 작품들에 장식장이 하나도 없다는 점이 가장 놀라웠다.

"여기, 성모 마리아다. 동상을 실제로 보는 건 처음이야."

복도 입구에는 **성모 마리아** 동상이 가장 먼저 전시되어 있다.

"성모 마리아? 어디서 들어본 것 같긴 한데…."

"중학교 3학년 때 배우잖아. 미술 시간에."

"유명한 사람이야?"

'성모 마리아'를 처음 들어본 것처럼 대하는 그녀의 반응은 공부에 소홀한 학생이었음을 드러냈다. 그렇지만 나도 성모 마리아에 대해서 잘 알지 못했다.

중학교를 다닐 적 성악설과 성선설에 대한 논쟁이 한참 있었고, 마침 학교 수업 중 토론을 할 일이 있어 나는 길게 생각할 필요 없이 성악설 쪽으로 입장을 정했다. 그에 대한 근거로 성모 마리아를 준비했는데, 미술 수업 중 얼핏 들었던 용서와 자비의 상징인 성모 마리아의 삶이 내게 큰 힘으로 작용할 것 같았기 때문이었다.

여론을 뒤집는 건 간단했다. 성선설은 착하게 태어났지만 보고 들은 행동을 따라 하며 악하게 변하는 것이라 한다. 그러나 인류의 초창기 때 착한 본성만을 가진 선조들만 있었더라면 지금의 법이 생겼을 이유가 없다. 성모 마리아는 예수 그리스도의 어머니로서 인류의 구속을 도운 존재로 언급되지만, 누군가의 잘못을 감싸줄 일이 없었더라면 얻지 못했을 명예이기도 하다. 일대 다수로 진행됐던 토론이 끝이 나고, 반 아이들은 힘을 실었던 성선설이 아닌 성악설로 여론을 기울면서 나는 대부분을 납득시키는 데에 성공했다.

"유명해. 나만 알아두지 뭐."

이후 우리는 복도를 다 돌고서 3층으로 향하는 계단을 올랐다. 3층에 들어서자마자 가장 먼저 눈에 들어온 건, 왼쪽 벽면을 거의 다 차지하는 커다란 창이다. 창밖으로는 넓은 들판이 보였고, 그 위로 햇살이 무심하게 쏟아지고 있었다. 그 창을 마주한 복도에는 사진들이 걸려 있었는데, 중간중간 빈 액자가 섞여 있는 게 특이했다.

  복도를 지나 안쪽으로 들어오니 그녀가 말했던 예전 사진관의 흔적이 남아있었다.

  "으아, 힘들다."

  "너 오늘 많이 걸었지? 저기 의자에 좀 앉아 있어."

  계속 긴장한 탓에 말수도 적었던 그녀에게 두세 명은 앉을 법한 널찍한 빨간 소파를 가리키며 말했다. 소파의 정면에는 낡은 카메라 한 대가 마주하고 있다. 깔끔한 백색 배경을 중심으로 사진을 찍을 때 메인 장소로 쓰였던 것 같다. 나는 소파 옆 벽 쪽에 놓인 1인 의자에 앉았다. 넓은 공간이지만 서로 널찍이 떨어져 있는 탓에 적막한 공기만 흘렀다.

  어색함을 견디지 못한 내가 먼저 말을 꺼냈다.

  "아까 사슴 진짜 귀여웠지, 그치?"

  "그랬지."

  "샌드위치 먹어서 그런가, 속이 좀 더부룩하네. 기름졌나 봐. 타코는 어땠어?"

  "괜찮아."

  "배터리가 방전됐네. 켜지질 않네. 이런 데 충전기 있을 리도 없고… 하하."

  "…"

  형식적인 그녀의 단답은 짧았고, 분위기는 점점 가라앉았다. 아까와 대비되는 상황이 익숙하진 않지만, 내키지 않더라도 나는 계속 말을 걸어야 했다. 그녀가 다시 웃었으면 했으니까.

"근데 이렇게 쉬고 있다가 갑자기 간호사들이 찾아오는 거 아니야? 이런 건물이면 오기 힘들어도 사람들 많이 찾아올 것 같은데, 보니까 내부 관리도 잘 되어 있고."

"아무도 안 와. 여기 알고 있는 사람은 다 죽었어."

그녀의 말에 갑자기 차가운 공기에 휩싸인 듯했다.

"다 죽었다니, 그게 무슨….."

얼어붙은 나를 보고, 그녀는 싱긋 웃으며 입술을 열었다.

"아까 말했잖아. 광연루는 100년도 넘었다고. 그 정도 시간이 지났으면 사람이라면 당연히 죽었지 않겠어? **귀신**도 아니고."

장난기 섞인 말이었지만 그녀의 농담에 나는 오랜만에 안도의 숨을 내쉴 수 있었다. 평소라면 싫었을 말장난이 지금은 반가웠다. 어쩌면 여전히 그대로인데, 그녀만 예외가 된 걸지도 모른다.

넓은 창 너머 초록 숲은 점점 노을빛에 물들고 있다. 눈을 감은 그녀의 얼굴 위로 드리워진 어두운 그림자와 얼굴의 반을 덮은 **노을빛**이 묘하게 대조되어 인상적이다. 겨울철 나무가 장식품들로 트리가 되는 것처럼, 그녀는 나의 오늘을 기념일로 만들어주고 있다. 조심스레 그녀 옆으로 자리를 옮겼다. 나란히 앉아 창밖으로 들리는 참새의 속삭임에 신경을 기울인다.

'… 여기 어디지.'

 나는 분명 아까까지만 해도 그녀와 함께 간호사들을 피해 여기저기 도망 다녔고, 그녀를 따라 이곳으로 들어오게 되었다.
 "깜빡 잠들었네. 너 2층에 있어?"
 그녀와 수많은 대화를 나누었지만, 정작 가장 중요한 이름을 묻지 않았다. 오랫동안 사람에게 이렇게 관심을 가져본 적이 없었고, 서로의 호칭을 '너'와 '야'로 통일해 부르다 보니 그 중요성을 간과했다. 그래서 나는 사라진 그녀를 찾기 위해 '야' 대신 조금 더 정감 있는 '너'를 선택했다.
 "너 1층에 있는 거야?"
 처음 와본 건물에서 혼자 남겨진 밤. 3층은 내부를 비추는 달빛에 의존할 수 있었지만, 2층에 내려오자 내가 서있는 이곳이 폐건물임을 강조하듯 어둠이 짙게 깔렸다.
 더군다나 핸드폰은 배터리가 거의 방전이 되어, 할 수 있는 거라곤 불길함에 하염없이 목소리만 높이는 것뿐이었다. 혹시 화장실에 있을까 봐 들어가 봐도, 칸마다 노크를 해봐도 죄다 빈칸이어서 돌아오는 건 내 목소리뿐이었다.

 화장실에서 나와 저 멀리 복도 끝을 바라보고 있다. 3층에서 계단을 타고 내려오는 달빛이 희미한 길을 그었지만, 그 빛은 2층 전체를 비추지 않았기에 달빛이 허락하는 계단 쪽만을 바라볼 수 있었다. 잠깐 사이에 사라진 그녀도 이상했지만, 더욱 혼란스러운 건 달라진 건물의 분위기였다. 복도에 늘어선 조형물들은 누군가 일부러 부순 듯, 쓰러지고,

깨지고, 뒤엉켜 있었다.

　그녀가 엉망으로 만든 걸까. 유일한 빛이 존재하는 그곳을 향해 왼발을 떼니, 몸 아래로 깨진 타일이 느껴지고, 발가락에 자란 털이 곤두섰다.

　고개는 어정쩡하게 정면을 고정한 채, 오른손은 벽을 짚고 남은 한 손은 허공을 휘두르며 걸음을 옮겼다. 내가 밟은 깨진 타일은 내 발로 인해 더욱 잘게 쪼개졌다. 당장 앞은 보지 못한 채, 빛이 있는 저 먼 곳을 향해 한 발짝 또 한 발짝 내디뎠다.

　손에 무언가 닿았던 걸까. 복도 초입을 지나자 '쿵' 소리가 등 뒤에서 울렸다.

　드디어 계단 앞에 다다랐다. 1층으로 내려가기 전 걸음을 멈춘 내 앞에는 거울 하나가 걸려 있었다.

　나는 겁에 질린 얼굴을 하고 있는 걸까. 제대로 보이지 않으니 거울 밖에 손을 뻗는 내가 맞는지 알 수 없다.

　그리고 그녀는 없었다. 1층에도, 그 어디에도.

당신의 화원에 나를 초대합니다

4장

당신의 화원에 나를 초대합니다

EP. 1

 365일 중 어느 하루를 꼭 집어 기억하라면 떠올리지 못할 것처럼, 그저 잊혀지는 꿈. 사탕같이 달콤하지만 동시에 해로움이 따르는 것처럼, 그렇게 그저 좋지 않은 하루일 뿐이다.
 아무도 없는 건물을 빠져나와 아무도 없는 집에 돌아왔다. 내가 있어야 할 우리 집만이 내가 숨 쉴 수 있는 유일한 공간이다.
 전등을 켠 다음 샤워를 하고, 침대 위로 녹초가 된 몸을 던져 이리저리 굴러봤지만 좀처럼 편하지 않다. 베개가 높은 걸까, 베개 없이 누워도 봤지만 문제는 나인 걸까.

 "이래도 돼?"

불안에 잠겨 수영하고 있는 내가 그녀에게 물었었다. 그리고 그녀는 내가 가장 듣고 싶었던 말로 나를 구해주었다.

"이래도 괜찮을 거야."

좋은 꿈은 애써 기억하려 해도 떠오르지 않지만, 나쁜 꿈은 트라우마로 남아 몇 날 며칠을 머릿속에 잠식하여 괴롭힌다. 그녀와의 기억이 생생한 걸 보면 그녀는 나의 악몽인가 보다.
 억지로 잠을 청하기보단 생각 좀 정리할 겸 책상에 앉았다.
 '아니면, 설마 들킨 걸까? 그래 나를 버리려 한 게 아니야. 그럼 왜 조용했을까―어쩌면 스스로 돌아간 걸 수도 있어. 그렇기엔 도망 다닌 이유가 없잖아….'
 수백 번, 수천 번의 합리화를 했다. 하지만 아무리 나를 설득해 보려 해도 현실인지 환상인지 구분되지 않는 불길한 징조를 쉽게 지워낼 수는 없었다. 누적된 경험은 되풀이하지 않으려 하고, 난 그것을 애써 외면하려 한다. 이성적인 결과로 이어지지 않는다는 것쯤은 알고 있지만, 마음은 달랐다.

"아들! 뭐 하고 있어?"
 다른 차원 속으로 빠져 있던 나를 깨우는 소리가 들렸다. 문 앞에서 팔짱을 끼고 계시던 엄마의 목소리였다.
 "무슨 생각을 그렇게 해? 엄마 들어오는 소리도 못 듣고."
 "엄마, 아빠 동창회 간 거 아니었어? 왜 집이야?"

"얘 봐라, 정신 못 차리고 말이야."
 엄마의 목소리는 몽롱함에서 깨우는 사이렌이었다.

 우리 부모님은 같은 고등학교 동창이다. 3년 내내 같은 반이었지만, 그런 낮은 확률이 무색하게도 친해지기는커녕 대화 자체가 없었다고 했다.
 졸업 전까지도 접점이 없던 둘의 인연은 그대로 끝날 것 같았지만, 졸업 후 군대에 있던 아빠가 엄마에게 전화를 걸면서 자연스레 연인 사이로 발전했다.
 훗날 아빠가 내게 말씀하시기를, 그 시절 졸업앨범에는 학생들의 전화번호와 주소가 기재되어 있는데, 휴가 나온 아빠가 친구와 술을 마시려 졸업앨범을 찾아보던 중 실수로 아래 적힌 번호로 전화를 걸었고, 그 전화를 받은 사람이 엄마였다고 했다.

 "학교도 학원도 안 가고 전화도 안 받으니까 걱정돼서 왔지. 왜 애가 안 하던 짓을 해서 실망을 시켜?"
 엄마는 계속 나를 밀어붙였지만, 내 신경은 오로지 아빠에게 있었다. 똑같은 레퍼토리의 잔소리가 끝나고, 나는 마지못해 내키지 않은 저녁 식사에 동참했다.
 식탁에 앉아 묵묵히 반찬을 드시는 아빠와, 땅이 꺼져라 한숨을 내쉬는 엄마를 보니 그제서야 죄책감이 밀려왔다. 좌불안석이 된 나는 반찬 없이 밥만 퍼먹다 목구멍까지 막혔고, 급하게 먹은 탓에 잔기침이 섞여 나왔다.
 "천천히 먹어. 그러다 체해."

먼저 식사를 마친 아빠가 싱크대에 밥그릇을 놓고 오시더니, 식탁 위에 물 한 컵을 두고는 말씀하셨다. 달랑 물 한 컵이지만 그 물은 아빠의 인내처럼 느껴졌다.

무사히 눈칫밥을 끝내고, 다시 고민이 깃든 책상에 앉았다. 학원에 가지 않았던 오늘, 못 받은 숙제가 있나 학원 선생님에게 물어보려 꺼져 있던 핸드폰에 충전기를 연결했다. 핸드폰이 켜지기를 기다리며, 침대에 걸터앉아 두 눈을 감는데 문틈 사이로 아빠가 틀어 놓은 TV 소리가 들려온다. 혹시나 내 흉을 보시지 않을까 조용히 귀를 기울였다.
주방에서 들려오는 엄마의 설거지 소리, 창밖 배달 중인 오토바이의 배기음 소리, 배관을 타고 들어오는 옆집의 물소리 등 여러 소음들이 눈을 떠도 잔향으로 남아 달팽이관에 닿는다.

"그로 인해 정상 주파수 범위를 벗어나 일정 주파수에 도달하게 된다면 듣지 못하게 된다 합니다."
"그러면 사연자께서 듣지 못 했다는 소리의 원인이 사람이 아닌 무언가였다는 건가요?"
"설마 귀신 아니에요?"
"에이, 무섭게 그런 소리 하지 마세—"

충전기를 연결해 놓았던 핸드폰에 전원이 들어오면서 알람 벨 소리가 울렸다. 핸드폰을 집어 드니 받지 못했던 부재중 전화가 수차례 와있었다. 화면에 적힌 횟수로 엄마의 충분한 사랑을 느낀다. 다른 연락으로는 담임 선생님과 학원 선생님의 출석 확인차 연락뿐이었다.

모든 통화 기록을 지우고선 곧바로 숙제 연락을 보냈다. 답장을 기다리기까지 내일 날씨를 확인하기 위해 인터넷에 들어갔는데, 검색창 속에는 그녀가 담겨있었다.

'봄날햇살병원… 잘 들어갔겠지, 나한테 말도 없이 간 거니까.'

시간이 좀 지나니 나를 낯선 곳에 데려가 혼자 사라졌던 그녀에게 왠지 모를 화가 났다. 오늘 놓친 진도는 단 하루치여도, 수능을 앞둔 시점에서는 상당한 부담감이 된다. 등을 보고 쫓아가지 않으려면, 제일 위인 선두에 오르려면 그만 쓸모없는 기억은 지우고 성적에 집중해야 한다.

펜을 들고 문제집을 펼쳤다. 바깥 소음들이 묘하게 거슬려 이어폰을 꽂았는데, 또다시 그녀가 떠올랐다.

'그 애가 나를 깨우지 않았어도, 나간 소리는 들리지 않았을까?'

그녀가 나갈 동안 내가 아무 소리도 듣지 못한 점이 이상했다. 쑥대밭이 됐던 건물을 생각하면 절대로 조용히 나갔을 리가 없다.

그녀는 왜 내부를 그 지경으로 만들었던 걸까. 풍선처럼 부풀어 오른 생각에 크기를 키운 건 내 방에서 들리는 잡음이었다. 부모님이 집에 들어와도 알아채지 못했던 건, 내가 다른 차원에 빠져 있는 것처럼 무의식적으로 소리를 끊었기 때문이다.

'… 못 들은 걸까, 아니면 안 들렸던 걸까.'

모든 건 가 봐야만 정확히 알 수 있었기에, 그곳에 나는 다시 돌아가야 했다. 앉아있던 책상에서 일어나 구석 한쪽에 걸려있는 거울을 바라본다. **거울** 속에 비친 건 다른 사람도 아닌 온전한 나, 내 모습 그대로였다.

그녀와 보낸 그날로부터 2주 가까이 지났다. 책상 앞에 놓여있는 스무 장 분량의 학원 숙제와 곧 있을 중간고사를 앞두고 반복되는 수업은 아무 일도 없었던 것처럼 다시금 평범한 일상을 되새겨주었다. 그러나 가끔 어쩌면 매일, 내게 보여줬던 그녀의 맑은 미소를 떠올렸는지도 모른다.

책임감 없는 행동이지만 나는 긴 합리화를 끝내고서야 비로소 '그녀를 찾지 않겠다'라는 결론을 내렸다. 그날 이후 며칠 동안은 밤새워 고민했고 병원 정보도 알아보았지만 결국 나는 내가 더 중요했다.

특수한 상황에서 걱정이나 원망 같은 충동적인 감정은 충분히 나올 수 있다. 하지만 그건 이성적인 판단을 못 하게 할 그저 걸림돌에 불과하다.

더군다나 그녀를 생각하며 하루를 놓친다면 감당해야 할 일은 산처럼 쌓인다. 하찮은 기억에 매달리기보단 당장 앞에 놓인 공부를 해야 한다. 그렇게 마음먹고 시간이 보내니 지나간 일은 금방 흐릿해졌다.

"우리는 시험을 왜 보는 걸까?"

턱을 괴고 창밖을 바라보던 건휘가 등을 돌려 말했다. 시험을 앞두고 반은 정적인 분위기가 흐르고 있었기에 나는 방해되지 않을 목소리로 앞자리에 앉아있던 건휘에게 대답했다.

"좋은 대학에 가기 위해 보는 거지."
"좋은 대학 다음은 좋은 일자리 또 그다음은 뭐가 있을까?"
내 대답은 이미 질렸다는 얼굴로 건휘는 말했다. 나는 건휘의 말에 아무 대답을 할 수 없었다. 같은 처지라는 걸 눈치챈 건휘는 죽상을 띄우던 얼굴을 피고 평소처럼 내게 장난을 걸어온다.

한 주가 더 지난 오늘, 다음 주가 되면 중간고사에 돌입한다. 아직 오전이지만 창밖으로 부는 비바람 때문에 아침인지 밤인지 구분하기 어렵다. 하늘을 보니 어젯밤 접했던 날씨 예보가 떠오른다.

"비교적 약한 태풍이던 자볼랭이 지나갔지만, 러시아를 향하던 태풍 바세호가 우리나라 쪽으로 진로를 틀어 내일 오후 북상할 것으로 예상됩니다."

불현듯 그녀와 숨어있던 폐건물이 머릿속을 스쳤다.
'거기는 괜찮을까…'
그녀는 분명 내 피부에 상처를 냈지만, 떨어지지 않은 딱지로 선명히 남아있다.

"어이, 우산은 두 개 챙겼는가?"
쉬는 시간이 끝나갈 무렵, 자리에 앉아있던 건휘가 말을 걸어왔다. 나는 가방 안에 있던 접는 우산을 보여주며 대답했다.

"챙겼지 우산. 근데 굳이 두 개나?"

"뉴스 못 봤어? 이따 밤에 태풍 직방으로 온다잖아, 그래서 나는 장우산이랑 접는 우산 하나씩 챙겼지."

건휘는 의기양양한 표정으로 말했지만 그의 수고스러운 행동이 불필요하다고 느꼈다.

"에이 두 개나 챙길 필요가 있냐, 너 이따가 가방 무겁다고 징징거리지나 마."

"애가 뭘 모르네, 우리 집은 창문에 테이프도 붙였어."

"테이프? 테이프는 왜?"

"이번 태풍 강도 보니까 나무 한 그루는 그냥 뽑힌다더라, 그래서 엄마가 안방, 거실 뭐 창문이란 창문은 다 붙였어 내 안경에도 붙일라 한 거 겨우 말렸잖아."

건휘의 말이 끝나자 수업 시간을 알리는 종이 쳤고, 나는 수업이 끝나기를 하염없이 기다렸다.

그렇게 길었던 수업이 끝이 나고서야 시청각실에 홀로 찾아갈 수 있었다. 점심시간이라 아무도 오지 않음과 더불어 내부 안쪽에 컴퓨터가 비치되어 있어 혼자 시간을 보내기에 적합하다. 자리에 앉은 후 제일 먼저 컴퓨터 전원을 켜 날씨를 검색했다.

강도 11 수준의 태풍 바세호는 초속 33~42m로 매우 강한 태풍에 분류되며, 이 정도 수준의 태풍은 나무가 뿌리째 뽑히거나 건물 일부가 파

손될 수 있습니다. 또한 도로가 침수되거나 오두막이 완전히 날아갈—

 이번 태풍은 건휘의 말마따나 과거 사례로 많지 않은 강한 태풍이었다. 우리 집도 대비를 해야 하지 않을까 싶은 마음에 다급히 엄마에게 전화를 걸었지만, 내 걱정이 무색하게 신경 쓰지 말고 학원이나 잘 가라는 말만 돌아왔다.

 점심시간이 끝나고 5교시를 보냈다. 식사를 못한 탓인지 수업 시간 내내 울리는 배꼽시계 때문에 수업에 집중하지 못했다.
 6교시 과목인 기가 수업에서도 다를 건 없었다. 소리가 새어 나오지 않도록 억지로 배에 힘을 주고, 자세를 새우등처럼 굽혀 봐도 그 모습은 우스꽝스러울 뿐이었다.
 선생님에게 화장실에 간다는 핑계를 대고 반에서 슬그머니 빠져나와 학교 옥상에 올랐다. 하늘은 붉었고, 금세 비가 쏟아질 듯 매우 습했다. 저 멀리 뒷산의 나무들이 태풍 때문에 날아갈지 모른다는 생각이 든다. 도로도 내 배꼽시계도 고요했지만, 링 위의 복서가 흰 수건을 던지는 것처럼 높게 솟은 큰 나무 하나가 잎사귀를 떨궈냈다.

"사… 살려—"
"깜짝아! 누구야?"

 난간에 팔을 기대고 먼 산을 바라보고 있는데, 등 뒤로 여자 목소리가 들렸다. 소리를 따라 돌아봤지만 그 누구도 없었다. 옥상에도, 계단을 찾아봐도, 난간 아래를 내려다봐도 여자는 보이지 않았다. 그리고 우리 학교는 남고다.

시간이 5분쯤 흘렀을까. 이미 늦어버린 걸음을 재촉했다. 하지만 지금 가도 선생님에게 잔소리를 들을 게 뻔했기에, 무작정 뛰기보다는 아까 들렸던 의문의 인물을 찾기 위해 두 눈을 굴렸다. 큰 수확 없이 긴장감을 안고 반으로 돌아왔을 때, 선생님은 이미 나간 뒤였다.
아무 일도 없었다는 듯 조용히 착석하는데, 앞자리에 앉아 있던 건휘가 뒷산 높이만큼 광대뼈를 잔뜩 올리며 속삭이듯 말했다.
"너 혹시 변비 걸렸어?"

학교에서의 일과가 마무리됐다. 오늘이 끝나면 평일도 단 하루만이 남지만, 주말이 지나면 또 같은 일주일을 보내게 된다. 그리고 주말도 주말이 아니다. 시험을 앞두고 있기에, 어쩌면 평일보다 더 바쁜 시간을 할애할 것이다.
내일 죽을 수도 있는 게 인생인데, 내일을 위해 오늘을 보낸다. 그렇지만 무작정 뛰쳐나오는 선택이 정답이 아니라는 걸 알고 있다. 자유에 대한 대가로 몇 날 며칠을 후유증에 시달려야 했으니까.

EP. 2

금요일을 맞았다. 태풍이 임박해졌다는 것을 알리듯, 바람은 창문을 노크한다. 오늘 난 여러 번의 쉬는 시간마다 옥상문을 열어, 오지 않을 누군가를 계속 찾으려 했다. 하지만 모든 수업이 끝날 때까지도 만날 수 없었다.

  건휘와 함께 청소 당번이 된 나는 걸레를 서둘러 빨다 물세기를 잘못 조절해, 물이 온몸에 튀고 말았다. 터벅터벅 교실로 들어서자, 자기만 두고 물놀이했냐며 건휘가 비아냥댄다.

  물에 홀딱 젖어 무거워진 바지 끝자락을 힘없이 끌며 하굣길에 나왔다. 평소에는 잘 타지 않았지만, 곧 쏟아질 듯한 하늘 아래 교문 앞에 대기하고 있던 학원 차로 향했다.
  가는 동안에도 건휘는 시답지 않은 농담을 폭탄처럼 쏟아냈다.
  억지로 들어주다 보니 슬슬 버거웠는데, 마침 나를 기다리고 있는 학원 차를 발견했고 건휘에게 자연스레 끝인사를 전할 수 있었다.

  탑승한 학원 차는 8인용 승합차지만, 다가올 태풍의 여파를 미리 체험시켜주듯 가는 내내 이리저리 바람에 흔들렸다. 멍하니 창밖을 바라보다 보니, 귀에 익은 멜로디가 라디오에서 흘러나왔다.
  제목은 알 수 없지만 어디선가 들어본 옛 노래의 피아노 반주가 나를 차분히 가라앉혀준다. 예전에는 걸그룹 메들리가 나와 나보다 어린 중학생 아이들이 높은 텐션으로 정신없이 떠들어댔었지만 오늘의 잔잔한 멜로디는 그들도 어찌할 수 없다.
  학원에 가까워질수록 바깥에는 점점 익숙한 건물들이 들어섰다. 빨간불에 맞춰 멈춘 차 속에서 턱에 손을 괴고, 오고 그치기를 반복하는 비를 지켜보고 있다. 태풍 영향으로 거리에는 사람이 적었지만, 행인들이 쓰고 가는 우산을 크레파스 색깔 순서에 맞춰 찾는 중이다.

주황색, 노란색, 남색 우산 등등 신호등이 켜지기 직전까지 대부분의 색을 찾았지만, 끝내 빨간색과 초록색은 발견하지 못했다.

괜한 오기가 생겨 초록색 박스를 뒤집어쓰고 있는 사람으로 대충 한 자리 끼워 맞췄고, 마지막 **빨간색**을 찾으려 건너편 인도를 훑었다.

그리고 내 시야에는 비를 맞고 있는 환자복의 한 여자아이가 들어온 것이다.

심장이 미친 듯이 뛰는 건 겨우 잊으려 했던 그날 그 아이의 모습이 다시 그려져서일지도 모른다. 그녀와 눈이 마주치자 급히 고개를 피했다.

그러자 도로 쪽 신호등이 켜지면서 흔들리는 바람 속에 차가 출발했다. 곧바로 그녀가 있는 건너편 인도에 고개를 돌렸지만, 그녀를 두 번은 볼 수 없었다.

"아니야. 선생님이 뭐라고 했어 공식을 봐야 한다 그랬지? 벡터의 내적은 두 벡터 사이의 관계를 나타내고 크기와 방향을 통해 두 벡터가 이뤄내는 각도를 구할 수 있다 그랬잖아, 그럼 이 문제는 두 번째 과정처럼—"

학원에서의 3교시가 되었다. 학교와 달리 학원에서는 장난을 치는 사람도, 잠에 드는 사람도 없어 그저 본질인 '공부'만이 이어지고 있다.

학원은 따로 지정석이 없기에 집중하고 싶은 사람은 각 교시마다 선착순으로 앞자리에 앉는다. 우리 집도 학업에 열정적인 편이지만, 다른 집은 앞자리에 앉은 것을 사진 찍어서 부모님께 인증받는다는 소문까지 있었다.

쉬는 시간에 돌입하고 사람들이 편의점으로 부리나케 뛰어갔다. 10분의 짧은 시간 동안 식사를 해결해야 하기 때문이다.

움직일 힘이 없던 나는 누구보다 먼저 교실에 들어올 수 있었다. 하지만 앞자리가 아닌 뒷자리에 자리를 잡았다.

수업이 재개된 이후 계속 창문만 멍하니 바라보고 있다. 6층이라 보이는 건 비가 다였지만, 내리는 비를 바라보다 보면 지저분한 생각을 깨끗하게 씻겨줄 것만 같았다. 그러나 갈팡질팡인 마음은 도통 떠나질 않는다.

삐―

―

제11호 태풍 '바세호' 북상 중. 19시 전 지역 강풍 및 폭우 주의.
외출을 삼가시고 안전에 유의 바랍니다. (오후 18:58 수신)

―

생각의 끈을 잘라준 건 다름 아닌 긴급재난문자였다. 유명 콘서트장처럼 여기저기서 울리는 소리는 그리 크지 않은 교실을 꽉 채우는 데에 모자라 건물 전체를 잡아먹었다.

급히 바지 주머니에서 휴대폰을 꺼내니, 작은 화면 너머에는 짧은 경고가 떠 있었다.

사람들이 진정하지 못하고서 스스로 경고음 소리를 내지르고 있을 때

가방을 들고 무작정 뛰쳐나왔다.

나는 무조건 가야 했다. 그녀가 없어도 좋고 있으면 더 좋은 그곳으로 가야만 했다. 어디서 주운 건지 출처 모를 투명 비닐우산을 쓰고 달렸다. 가다 보니 때때로 우산이 뒤집혀 뜀걸음을 멈춰야 했지만 다른 선택은 전혀 없었다.

나는 더 이상 멈추고 돌아서고 싶지 않았기에, 쓰고 있던 우산이 세 번째 뒤집어졌을 땐 그대로 버려두고 내달렸다.

빨간불, 아까 전 학원으로 가던 길에 그녀가 서 있었던 횡단보도를 지났다.

주황불, 수많은 인파가 가로막고 있는 인도를 앞서갈 수 없었고, 그럴 때면 차가 다니지 않는 틈마다 도로 위를 밟아 뛰었다.

점점 굳세지는 빗방울에 시야가 흐려지고, 체력은 고갈되었으며, 복부가 당길 때마다 잠시 쉬어 갈 수도 있었지만 걷는 일이 있더라도 멈추진 않았다.

평소 사람들의 시선에 사로잡히면 되던 일마저도 잘 하지 못했는데, 지금만큼은 그런 시선이 신경 쓰이지 않았다. 그건 나에게 의무가 아닌 약속이 있었기 때문이다.

"가자, 같이 도망쳐 줄게."

얼마나 가야 할까. 내 의지와는 상관없는 본능이 비바람에 젖어 들고 있다. 잠깐 비를 피하려 커다란 초록 나무 아래 몸을 숨겼다.

축축해진 손으로 홀딱 젖은 머리를 털어내고, 가방 안쪽에 손을 집어넣어 깊숙이 던져 놨던 핸드폰을 꺼냈다. 나무가 잎사리를 기울여 폭우 속에 나를 지켜주고, 나는 작은 몸 한껏 기울여 폭우 속에 핸드폰을 감싸 쥐었다.

"부재중 전화… 부재, 부…"

핸드폰을 켜니 학원으로부터 부재중 전화가 와 있었다.

―

아빠가 데리러 와서 먼저 가겠습니다, 다음 주에 뵐게요.

―

전화를 걸지는 않더라도 예의상 원장님에게 한 줄의 문자를 보냈다. 부모님에게 전화를 걸지는 않을까 내심 신경이 쓰였지만 그건 상황이 닥쳤을 때 생각해도 된다.

문자를 보내고 나서 바로 지도 앱을 켰다. 내가 길치이거나, 있지도 않는 그녀에게 전화를 걸어 위치를 물어보려는 목적은 아니었다.

기억이 선명하진 않지만, 그때의 나는 처음 간 건물에서 집으로 향하는 경로를 찾아봤을 테고, 그렇다면 검색 정보가 지도 앱에 남아있을 것이다.

하지만 그녀에게 다시 찾아간다는 건 말처럼 쉬운 일이 아니었다. 지도 앱에는 2주 동안 데이터가 저장되는데, 거짓말처럼 오늘은 그날로부터 15일째 되는 날이었다.

많은 것을 그녀를 위해 포기했지만 폐건물에 찾아가지 못한다면 모든 것은 수포로 돌아간다. 그녀를 못 만나는 게 두려운 것이 아니다. 2주 동안 그녀로 꽉 차 있었던 내 일상이 오늘만 지나면 폭발할 것만 같았다.

'아, 차가워.'
물에 흥건해진 교복은 바람에 의해 차게 식어갔고, 가방은 어깨의 짐처럼 무거워졌다. 그렇지만 돌아가는 선택지는 없다. 그녀를 다시 한번 만날 수 있다면 묻고 싶은 게 많았는데, 말하고 싶은 게 너무 많아 한번에 내뱉으려다 바보처럼 버벅거릴 것만 같았다.
'괜찮냐고, 어떻게 지냈고 아픈 곳은 없냐고, 힘들었겠다고.'
문득 깨달은 건 그녀와 헤어지고 하루 이틀은 원망으로 가득 찼었지만 지금은 걱정뿐이었다.

커다란 우산 아래 서 있는 지금이 마지막 기회 같아, 비가 잠시 주춤해진 틈에 서둘러 인터넷에 들어갔다. 처음에 알아봤던 검색어는 '화원'으로, 내가 찾고 있는 폐건물과는 상관없이 화원 컨셉으로 꾸며 놓은 듯한 카페만 나왔다. 그게 아니면 해마다 지역 축제로 사용되는 벌판이었고, 뒤이어 예식장, 미술관, 카페 등 검색 해봐도 죄다 최신식 건물이었다. 더군다나 이 근처 건물들은 검색해도 나오지 않은 불법 도박장이나 폐가뿐이다.
"1층에는 무대, 2층에는 전시관 그리고 3층은 스튜디오—"
호흡을 가다듬은 후 다시 검색에 집중했다. 소극장부터 차례대로 전시관과 사진관까지. 머리는 나오지 않는 쪽에 쏠려 있었지만, 그렇다고 희망을 포기할 수는 없었다.

검색하여 나온 여러 건물들의 외관은 내 기억 속 장소와 전혀 달랐고, 하나하나 지우다 보니 근처에 있는 매장들을 모두 찾아 보고야 말았다.

"도박장 아니면 폐가…."

다만 내가 간과했던 게 있다. 그리고 확신했다. 그날 먼지 하나 없던 낮의 풍경과 오랫동안 사람의 발길이 끊긴 듯한 밤의 분위기는 내가 아무리 노력해도 찾을 수 없는 폐가라는 점이다. 현재는 운영하지도 않는 100년도 더 된 폐가를 감으로만 찾아야 한다.

더 이상 시간을 지체하면 안 된다. 태풍이 다가오는 산속으로 스스로 들어간다는 건, 판단력이 흐려졌다 한들 위험성은 익히 알고 있기 때문이다. 신발 속 가득 찬 빗물을 털고 움직였다. 몸조차 가누지 못할 그녀를 떠올리자니, 작은 벌레조차 무서워하던 나조차도 겁을 상실할 용기가 생겼다.

산의 입구와 더 멀어지기 전 사진을 찍어 두기로 했다. 만약 폐건물 안에 그녀가 있다면 같이 안전하게 내려가기 위해서이다. 어디서 날아왔는지 모를 스티로폼 박스를 커다란 돌로 고정시켜 커다란 나무에 표시를 해두고 사진을 찍었다. 길은 알지 못해도 위로 올라가고 있다는 체감은 확실했다. 어리석지만 떨고 있을 그녀를 생각하며 걸었다.

10분쯤 지났을까. 욱신거리는 고통에 고개를 내려다보니 양쪽 다리 어디 한 곳에 국한되지 않은 피가 흘렀다. 강한 바람에 여러 번 넘어지고, 돌에 무릎이 찍히고, 미끄러운 탓에 발을 헛디디면서 예상했던 결과다.

잠시 숨을 고를 겸 멈춰 섰다. 겸사겸사 사진을 찍으려 꺼낸 휴대폰을 그만 발밑에 떨어뜨렸다. 자세를 낮춰 주우려다 교복 바지 엉덩이 부분이 찢어지고야 말았다.

　무서워졌다. 이 여행을 떠나오기 전에는 생각지도 못했던 요소들이 공포로 더해져 앞길을 가로막았지만, 거세지는 태풍 속에 쉴 수도 없는 노릇에 숨까지 막혔다. 바람은 내 옷자락을 마구 휘감고, 굵은 빗방울은 바늘처럼 내 살 위로 떨어지는데, 전쟁터의 격전지처럼 피할 수 없는 상황이었다.

　돌아가려 마음먹은 건 온몸이 상처투성이가 된 뒤였다. 그녀를 만나야겠다는 다짐은 그것을 압도하는 두려움에 사로잡혔을 때 이미 사라진 것이다. 살기 위해서 오는 길에 찍었던 사진들을 꺼냈지만 다시 돌아갈 수는 없었다.

　어느 게 어느 것인지 구분이 되지 않을 만큼, 오면서 찍은 사진들은 모두 검은 바탕에 나를 담고 있고, 처음 출발할 때 찍었던 나무조차도 다를 것 없는 사진으로 남아 내 두 눈을 의심하게 만들었다.

　절망스러웠다. 다리가 떨려 엄마에게 전화를 걸어도, 아빠에게 전화를 걸어도 반복되어 들리는 건 연결되지 않는다는 안내음 소리뿐이고, 들여다본 화면 속에 인터넷은 터지지도 않았다.

　피로 물든 교복 바지를 이끌고 움직이려 했지만 통증은 심해졌고, 그대로 힘이 풀린 탓에 나무에 기대 앉아 버렸다.

　시야가 뿌옇게 흐려진 건 비 때문인 걸까. 나와 같이 끝나가는 핸드폰을 우산 삼아 빗물이라도 가려 보려 했다. 하지만 죽으란 법만 있는 것은 아닌지, 사진에는 시간대와 장소가 나와 있다는 게 머릿속에 떠올랐다.

급히 머리 위로 쥐고 있던 핸드폰을 내렸다. 이미 태풍에 앙상해진 나무 끝에는 잎새 하나가 아슬아슬하게 달려있다. 바람에 다른 잎들은 전부 날아가 버렸지만, 저 이파리 한 장은 이 나무의 유일한 희망이 되어 나무를 꽉 붙잡고 있는 것이다.

나는 블러 처리된 것처럼 흐려진 핸드폰을 세게 움켜쥐었다. 이 기회를 놓치면 죽는다는 일념으로 사진첩에 들어가는 데 잔렉이 심해 로딩이 길어져 갔다.

그리고 정말 운이 좋았다. 검정색 사진 위에는 희미한 빛으로 날짜와 시간대가 적힌 정보가 뜨는데, 정확하지는 않아도 사진을 찍은 장소까지 볼 수 있었다.

아픈 몸을 이끌고 악착같이 움직였다. 인터넷 전파를 찾으려 폰을 쥐고 있는 무거운 손을 높게 뻗었고, 다 까져 피가 흐르는 손바닥에 핸드폰을 툭툭 치며 들어간 빗물을 빼냈다.

산속에서 나가기 위해 안간힘을 써도 닦아지지 않은 물방울이 액정에 맺힐 때면, 자기 멋대로 다른 사진으로 넘어가 버렸고 나는 수시로 핸드폰을 확인해야 했다. 전파를 찾기 위해 핸드폰을 높이 들었다가, 물을 빼내고 물기를 닦는 행동을 수차례 반복한다.

노력의 결과물로 열일곱 장의 사진 중 아홉 개 사진의 위치를 지날 수 있었지만, 거리가 줄어들수록 핸드폰의 빛은 희미해졌다.

요즘 핸드폰에는 방수 기능이 탑재되어 있어 수영장에서 촬영도 한다는데, 다 똑같아야 할 핸드폰이 당첨과 꽝이 분명한 경품 룰렛처럼 느껴진다. 물론 나는 꽝을 뽑은 꼴이다.

내부 액정에 물이 들어가면서 화면은 반 이상이 가려졌다. 손가락으로 확대해야만 보이는 사진은 내 의사와는 상관없이 또 한 번 다른 사진으로 넘어가 버렸다. **붉은빛**을 쏘는 화면에 빗방울을 닦으려 하는데 그만 중심을 잃었다. 휘청이던 내 앞에 어둠이 드리워진다.

안녕, 나의 운명

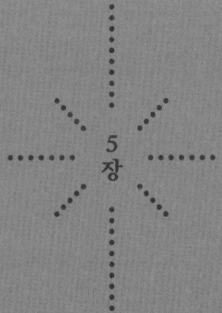

5장

안녕, 나의 운명

EP. 1

 기분 좋은 바람에 살랑이는 초록 잎사귀, 뜨거운 계절을 이제 막 지난 듯 강하게 내리쬐는 햇볕이 가볍게 느껴진다.
 거슬리지 않을 정도의 소리가 오른뺨 근처에서 들려와 고개를 돌리니, 길게 뻗은 얕은 강가에 작은 물고기들이 물결을 따라 느긋하게 헤엄치고 있었다.
 멍하니 풍경을 보던 중에 강가 뒤로 펼쳐진 푸른 산이 눈길을 사로잡았다.
 우리 동네 산들과는 비교도 되지 않을 만큼 높게 솟아 있는 그 산을 한참 바라보다가 어느새 그곳을 향해 발걸음을 옮기고 있다.
 작은 보폭에 딱 맞춘 징검다리를 무리 없이 건너고, 군데군데 자란 나무 아래 생긴 그늘에서 땀을 식힌다. 발 아래 이름 모를 빨강, 주황, 노랑, 파랑 꽃들이 알록달록 피었고, 잡초가 바람에 맞춰 춤을 춘다. 머리 위로는 손가락 한 마디 정도 크기의 잠자리들이 짝을 지어 날아다니는데, 그 모습은 억압에서 해방된 민족처럼 자유로워 보였다.

 이곳에 온 뒤로는 걱정이 하나도 생각나지 않는다. 아니면 그저 기억나는 것들이 모두 하찮게 느껴졌던 것일 수도 있다. 죽음 이후에 대해서는 관심을 전혀 갖지 않았다. 살아있는 내가 죽어야만 알 수 있는 것을 이해한다는 게 무리였기 때문이다. 더 나아가 본 적 없는 천국과 지옥을 들먹이며 선동하는 이들이 한심했고, 거짓 소문으로 멀쩡한 사람들을 혼동시키는 일은 옳지 않다고 생각했다.
 하지만 이곳에 와서야 이해되지 않았던 것들이 이해되었다. 그때 내가 이해하지 못했던 건 자신이었나 보다.
 여기는 천국이다. 살면서 내가 잘한 건 없지만, 딱히 잘못한 것도 없다. 꿈도 미래도 없는 미천한 나에게 신께서 친히 천국으로 내려보내 주셨다. 싸움도, 힘도, 거짓도, 전쟁도 없는, 너무나 평화로운 이곳이 바로 천국이다. 매일 얼마나 힘겹게 보냈는가. 아무도 설명하지 않고 강요하니 억지로 했던 공부, 구분해 만나야 한다는 인간관계. 그중 제일은 친구였다. 친구이기에 마음을 열어야 하지만 동시에 경쟁자라며 마음을 열면 안 된다는 가르침은, 나 그리고 그 누구도 위한 일이 아니었다.
 그럼에도 그날의 노력들이 결코 헛수고였던 게 아니다. 밤마다 스스로에게 묻던 '나는 무엇을 위해 살아야 하는가?'에 대한 답이, 결국 오늘날 천국을 위한 것이었다면 모든 걸 이해할 수 있다. 종교는 없다. 그래서 감히 신이 가진 업적도, 감사하는 마음으로 드리는 기도도, 찬양 노래마저도 알지 못한다. 그래도 어떠한가? 두 손을 가지런히 모아 마음을 담으면 기도가 되고, 흥얼거리면 노래가 되며, 이곳에 평화를 누리며 숨 쉬는 것에 감사하면 그것이 바로 종교가 된다.

태양빛을 만끽하며 걷다 보니 발끝이 드디어 산 입구에 다다랐다. 무엇을 쫓는지, 누구를 기다리는지 알 수 없지만, 하늘을 올려다보니 참 푸르고도 아름다웠다. 이것이 결국 내가 원하는 일이다. 살면서 처음으로 하늘이 예뻐 보였다.

저 구름을 조금 더 가까이서 보고 싶다. 산꼭대기에 오르면 분명 손에 닿을 수 있을 것이다. 천국은 나에게 끝없이 황홀한 축복만을 내려다 준다.

나란히 맞췄던 두 발을 떼고 경사길에 올랐다. 가는 길마다 사람의 손길이 닿았던 것처럼 작은 돌멩이 하나 없었기에, 숨이 벅차지 않았다. 누군가 나를 위해 길을 닦아놓았으니 따라가기만 하면 된다. 이 길 끝에 나는 무엇을 보게 될까? 원치 않는 결말이 기다리더라도 이미 돌아갈 수 없는 걸음을 계속했다.

풀잎 향을 코로 들이마시고, 참새의 응원 소리를 벗 삼아 걷다 보니 산 중턱에 닿았다.

해가 저물려면 시간이 남아 보였기에 여기에서 쉬어가려 한다. 동네에서 흔히 보던 **싸리버섯**을 한 움큼 따 커다란 바위 끝에 걸터앉으니, 풍경이 한눈에 들어왔다. 움직이는 일은 잠시 입으로 옮기고, 두 눈은 아까보다 가까워진 구름을 바라 본다. 하늘은 여전히 푸르고 아름다웠다.

'여기엔 왜 사람이 한 명도 없을까?'

이상한 기분이 들었다. 아무리 풍경이 아름다워도 힘든 건 마찬가지였고, 볼을 꼬집으면 느껴진 고통에 진짜 죽었다고 생각할 수는 없었다.

'그렇다면 여긴 지옥인가?'

생각이 끝나자 엉덩이뼈에서 정수리까지 소름이 치솟았다. 산에서 내려가려 바위에서 몸을 떼는 찰나, 등 뒤로 낯선 기척이 스쳤다. 한 점 바람 없는 산길에서 풀잎이 흔들리는 소리.

나는 그 소리의 근원을 확인하려 뒤돌았다. 아까보다 빨라진 걸음은 뛰는 것도, 걷는 것도 아닌 어중간한 자세였지만, 머리칼 양쪽이 갈라졌다.

"이건 분명 사람이야."

가면서 확신했다. 바람이 불었다면 작은 풀밭이 아닌 나무 전체가 흔들렸을 테니 말이다.

그리고 멀지는 않았지만, 그렇다고 가깝지도 않은 거리에 평생 본 적 없는 높은 건물이 나를 기다리고 있었다.

EP. 2

굵은 가지로 뒤덮였던 숲은 온데간데없고, 대신 깨끗하게 정리된 화원과 그 한가운데 우뚝 선 하얀 지붕의 건물. 소문으로만 듣던 말은 사실이었다. 양인들과 비밀스러운 자리를 위해, 아무도 모를 깊은 산속에 가장 공들여 지었다는 그 건물이 지금 내 눈앞에 있다. 몇 해 전부터 우리 동네 사람들은 물론, 마을에서 이름난 도둑놈 칠복이까지 애썼지만 찾지 못한 곳을, 내가 결국 발견해 버린 것이다.

허락 없이 들어가면서 소리를 낸다면 분명 들킬 테지만, 우리 어머니께서는 어느 곳에 가든 첫인사를 건네라고 가르쳐 주셨다. 첫인상이 좋으면 누구든 나쁘게 보이지 않을 거란 말이었다.

"… 실례하겠습니다."

땅 위를 기어가는 개미처럼, 세상 누구도 듣지 못할 목소리로 홀로 말했다.

"… 아무도 안 계시나요?"

몸의 반이 건물 안으로 들어섰을 때, 펼쳐진 새로운 세상은 한없이 반짝이며 나를 끌어들이고 있었다

'이런 건 신문지에서도 안 알려주는데….'

우리 동네 포목점에서도 팔지 않는 화려한 천감이 둘러진 의자들이 줄지어 있고, 두 손바닥만 한 나무 탁자가, 의자 세 개당 하나씩 놓여 있었다. 인상 깊은 건, 의자들이 향하고 있는 무대였다. 넓지는 않지만, 고급스러운 목재를 사용해 감히 각설이들은 탐내지 못할 무대처럼 보인다.

"한양 땅에 내가 왔네 왔어~ 쌍화탕도 팔고 약도 팔고, 아따 각시요, 얼굴에 주근깨 없애는 데는 이만한 약 없당께요~ 어매, 기분이다! 꽹과리 한번 치고 노래 한 곡 할라요~"

"아부지, 저 거지놈은 뭐대요?"

"떼끼! 이 사람들은 각설이라고 하는 거다. 이런 잔칫날에는 각설이가 와서 노래도 하고 분위기 좋게 만들—"

어린 내가 그날 본 모습은, 해진 두루마기를 두르고 헝겊을 덧댄 헐렁한 바지에, 언제 찢어져도 이상하지 않을 짚신을 신은 거지처럼 보였을 뿐이다. 무대 위에는 서너 명이 올라 있었지만, 그들은 서로 경쟁이라도 하듯 더 우스꽝스러운 모습을 보여주려 애쓰고 있었다.

얼굴에 까만 점을 찍고, 온몸에 흙탕물을 뒤집어쓰는 모습이 뭐가 즐거운 건지, 사람들은 각설이들이 입을 열 때마다 웃음을 토해냈다. 그러나 나는 웃지 않았다. 즐겁지도, 재미있지도, 그렇다고 저 무대에 오른 사람들이 신나 보이지도 않았다. 잔칫날이 지나 보름쯤 되었을까, 내 머릿속에서 각설이는 서서히 잊혀졌다.

우리 아버지는 종로의 꽤 유명한 신문사 기자로 일한다. 그래서 집에는 늘 잉크 냄새가 가득했고, 재미없는 신문들이 쌓여 있다. 그러다 어느 날부터 평생 담배 한 대 피워본 적 없는 사람이 코를 찡하게 만드는 담배 냄새를 풍기기 시작한 게 아닌가.

매일같이 낮에는 원고를 고치고, 밤에는 출판 검열에 마음 졸이며 책상에 기대 쪽잠을 주무시는 날이 잦았다. 그런 아버지를 조금이라도 편하게 해드리고 싶어 나는 책상 위 펜촉과 원고지를 정리하곤 했다.

시간이 좀 더 지난 일상, 어머니는 김이 모락모락 피어나는 된장국과 함께 아버지 퇴근을 기다리셨다. 어머니의 손을 잡은 나는 배에서 꼬르륵 울리는 뱃고동 소리에 저녁 식사를 재촉할 뿐이었다.

그러나 6시, 7시를 지나 8시가 되어도 아버지는 돌아오시지 않았다. 나는 아무 생각 없이 문 앞에서 초조함에 발을 동동 구르는 어머니에게 태평하게 말했다.

"아부지, 술 마시고 있나 봐!"

어머니는 아무 대답도 안 하셨고, 나는 바보같이 행복했다. 걱정 가득해 보였던 어머니가 내 옆에 누워 따뜻한 미소로 재워 주던 그 밤이. 어린 나는 알지 못했다. 그날 본 어머니의 웃음이 마지막이라는 것을.

그날이 지나고부터 아버지는 술에 절어 살았고, 어머니는 매일을 우셨다. 해맑은 얼굴로 담배 냄새난다고 말하면 부끄러운 듯 담뱃갑을 뒷주머니에 숨기시던 아버지가 이제는 내 앞에서 시커먼 연기를 뿜는다. 지옥이었다. 자고 일어나면 얼굴에 멍이 든 어머니가 바닥에 깨진 술병을 치우고 계셨다.

그리고 얼마 지나지 않아 나의 평범한 일상은 금방 돌아왔다. 아버지께서는 출근하신다며 곱게 다린 양복을 입으셨고, 어머니는 언제 울었냐는 듯 따뜻한 미소를 되찾으셨다. 엊그제 반찬은 간장뿐이었고, 어제 반찬은 시금치나물이 올라왔다. 그리고 어머니께서는 오늘 저녁 식사에 된장국이 나온다고 말씀하셨다. 나는 수줍게 말했다.

"어무니, 두부도 한 모 가득 넣어 주세요."

어머니는 그런 나를 내려다보며 활짝 웃으셨다. 허나 어머니의 양 눈가에 맺혀 있는 눈물에 대강 알아챘던 것 같다. 어머니의 일상은 아직도 지옥에 머물고 있다는 것을.

수업이 끝나고 조용한 교실, 쉰 명이 넘는 우리 반 아이들은 말없이 삐걱거리는 책걸상과 분주한 발걸음으로 대화를 해야 했다. 학교를 나오고서야 안심된다는 듯이 기철이 녀석이 말했다.

"후, 오늘도 죽는 줄 알았네. 키가 줄어드는 것 같고만."

얘기를 듣던 철부지 춘복이가 대꾸했다.

"임마, 니 키가 더 작아지면 마을 신문에 올라야 할 일 아니냐? 진운아, 너네 아부지한테 말씀드려라."

"니 키나 기철이 키나 도토리 키재기야."

춘복이 대답에 내가 말을 덧붙이니 기철이 녀석이 피식 웃으며 얘기했다.

"들었냐, 춘복아? 니 키나 내 키나 똑같대잖냐."

춘복이 얼굴엔 심술이 덕지덕지 붙어 있었다.

"근데 니네 아부지 아직도 일 나가시냐?"

기철이가 물었다. 고개를 갸우뚱하던 나를 보며 기철이가 말을 이어 갔다.

"아니, 요즘 신문사 일하는 삼촌들 다 잘린다던데."

기철이 말이 끝나자, 춘복이가 이어 말했다.

"잘리기만 하면 다행인 걸로 알아. 우리 옆집 아저씨는 며칠째 도통 소식을 알 수가 없네."

나는 당연하게도 우리 아버지는 괜찮을 거라 생각했다. 분명 오늘 아침에도 곱게 다린 양복을 입고서 멀쩡히 일에 나가셨으니까. 그러나 생각과는 다르게 내 심장은 두근거렸다.

"오늘 마을 광장에서 잔치 연다던데, 같이 갈텨?"

"누구 잔치인데? 앞잽이 춘복이 너 또 그렇지 뭐. 드디어 그 시커먼 속내를 드러내는구만?"

그들의 대화가 더 이상 들리지 않았던 나는 아무 말도 하지 않았다.

"몰라, 누구네 잔치인지, 기념인지. 나는 그냥 각설이 온다니까 구경 가는 것인디."

가만히 듣던 나는 춘복이의 말에 대답했다.

"가자, 누구네 잔치."

기철이, 춘복이 그리고 나. 우리는 넘치는 사람들 사이로 작은 몸을 비집고 들어가 맨 앞자리까지 들어왔다.

"이거 보시오, 이 약 한 모금 입에 털어 넣으면 세상에 그 어떤 병도 다 낫게 해주고 아무런 고통도 느끼지 못한다 하요~"

옆에 있던 덩치 큰 아저씨가 시끄러운 징소리를 뚫고 각설이에게 말했다.

"어매, 그 좋은 약 한 모금 먹으면 만병통치약처럼 고통이 하나도 없다고라?"

그러자 각설이는 원숭이처럼 양팔을 위아래로 흔들며 아저씨 앞으로 살갑게 다가가 대답했다.

"참말이지라~ 어떤가, 한 두어 병 사실라고?"

가만히 얘기를 듣던 아저씨는 불쑥 각설이에게 주먹을 복부에 힘껏 내리꽂고 말했다.

"이제 그 약 한 모금 탈탈 털어넣으면 아픈 거 싸그리 다 날아가겠고만."

각설이는 고통에 배를 부여잡고 쓰러졌다. 아저씨는 통 사기꾼투성이라며 양쪽에 있던 처녀 둘과 함께 일어섰고, 처녀들은 이런 상황이 즐거운 듯 웃었다.

그들이 떠난 이후에는 지켜보는 사람들 모두가 똑같은 생각을 한 건지 깔깔 웃는데, 난 전혀 웃기지 않았다. 아무도 각설이를 도우려 하지 않았고, 오히려 아파하는 각설이를 보며 침을 뱉고 욕을 했다.
"에이, 퉤. 어디 순 되도 않는 걸로 돈 벌어 살겠다고."
"쯧쯧, 사기꾼 사기꾼. 어이 형씨, 사기 칠라면 좀 그럴듯하게 하쇼잉."
머리에는 고깔 모양의 헝겊, 팔에 가득 칠한 붉은 반점과 얼굴엔 우스꽝스러운 가면. 언제나 해온 일인 양 목청껏 소리 지르던 각설이를 어린 나조차도 느낄 수 있었다. 저 사람은 일을 시작한 지 얼마 되지 않아 서툴다는 것을.

어느덧 전부 떠난 사람들과 무섭다며 집에 가버린 친구들, 그렇게 남의 잔칫집에는 우리만 남겨졌다. 언제나 뒤에서 바라만 봤던 아버지의 등이 이젠 커 보이지 않았다.

무대를 바라보며 이런저런 생각에 잠기다 보니 시간이 훌쩍 흘렀다. 잊고 싶던 기억들이 이곳에 오고서 처음으로 암울하게 떠올랐고, 꿈 같던 시간이 지나자 다시 현실로 돌아온 기분이 들었다.
싸움뿐인 지겨운 나날과 혐오스러운 세상이 파도처럼 몰려오자, 정신을 차리기 위해 내 두 뺨을 자국이 남을 정도로 세게 내리쳤다. 그제야 시린 고통과 함께 잡생각이 사라졌다.
1층을 벗어나기 위해 2층으로 향하는 계단을 올랐다. 계단은 백 근이 넘는 내가 올라도 삐걱거림 없이 견뎌주었다. 아마 내가 처음일 것이다. 우리 동네에도 하나둘씩 생긴 고급 건물들에 종종 이런 대리석 계단이 깔렸다는 건 알고 있지만, 나를 포함한 내 친구들 모두 직접 밟아본 적이 없었다.

올라온 2층은 1층보다 훨씬 놀라웠다. 복도를 따라 늘어선 석상과 조각상들은 살아있는 사람처럼 정교했고, 벽을 채운 수묵화는 고풍스러운 멋을 뿜어냈다. 황동으로 빚은 기묘한 조각들을 바라보니, 마치 한 번 가본 적 없는 서양식 전시관에 들어온 듯한 착각이 들었다.

1층을 내려다보는 섬세한 목재 난간에 살짝 기대자, 현실과 꿈의 경계가 희미해진다.

커다란 조명이 나를 비추어 한층 더 빛나게 했다. 복도 곳곳에 놓인 키 작은 나무 화분만이 동양적 느낌을 주었는데, 우리 집에도 있는 화분이라고 하기엔 송구스러울 정도로 값져 보였다.

무엇보다 가장 놀란 건 한 여인의 석상이었다. 눈, 코, 입이 너무 정교해, 어떤 장인이 와도 똑같이 만들 수 없을 것 같았다.

"진짜 살아있는 사람인가?"

내 앞에 선 기이한 석상은 실수로라도 만지면 깨어날 것처럼 생생했기에, 그저 눈으로만 바라볼 뿐이다.

2층에 올라오기 전까지는 별생각이 없었다. 1층에서도 2층을 올려다볼 수 있기에 사람이 없다는 걸 알았지만, 막상 이곳에 서서 느끼는 압도감은 전혀 달랐다.

속으로 3층에 사람이 없기를 바라면서도, 동시에 있기를 바랐다. 반짝이는 대리석 계단을 아까보다 느린 속도로 천천히 올랐다. 화려한 건물과는 달리, 공허한 장막 속에 허공을 가르는 것은 거칠게 내쉬는 한 사람의 숨소리뿐이었다.

힘겹게 계단을 오르다 보니 3층 바닥이 정수리 높이와 맞닿았다. 깊은 심호흡을 내쉰 뒤, 힘껏 감았던 두 눈을 바닥에 고정하고 넷, 셋, 둘. 남은 계단을 오르자 싸늘한 공기가 점점 휘감겼다.

마지막 계단을 딛는 순간, 온몸으로 온기를 체감할 수 있었다. 눈앞에 보인 것은 커다란 액자도, 하얀 복도 벽에 붙여진 사진도, 커다란 사진기도 아닌 자고 있는 한 사람이었다.

"저기…."
빨간색 안락의자에 누워있는 소녀에게 조심스레 다가가 말을 걸었다.
"저기요."
가까워진 거리만큼 목소리도 작아졌지만, 충분히 깰 수 있음에도 소녀는 일어나지 않았다.
'혹시… 죽은 걸까?'
소녀의 숨소리가 가까이서 들려오자 불길한 생각이 틀렸음을 알아챘다.
그리 높지는 않지만 적당히 솟은 콧대, 달콤한 꿈을 꾸는 듯 올라간 붉은 입술, 굳게 감겼지만 선명하게 그려지는 동그란 눈매. 오목조목 자리 잡은 소녀의 이목구비는 나의 호기심을 자극했다.

소녀가 깨어나길 바라며 살짝 물러나 3층 내부를 둘러보았다. 소녀가 누워있는 안락의자 앞에는 커다란 사진기가 놓여 있고, 그 뒤에는 한 입 베어 문 듯한 사과 그림이 걸려 있다. 내가 예술에 대해 잘 알았더라면 그럴싸한 말을 했겠지만, 지금으로선 무리다. 그림을 보고 있자니 계단

위에서 본 복도 생각났다. 계단과 사진관 사이를 잇는 복도에는 여러 액자들이 걸려있었다.

모퉁이를 돌자 서양 여인의 사진이 제일 먼저 눈에 들어왔다. 귀에는 빛나는 조약돌 귀걸이가 달려 있고, 머리에는 물고기 잡는 그물망을 모자처럼 뒤집어썼는데, 그물이 어찌나 긴지 오른쪽 눈 밑까지 내려와 있었다. 여인은 무슨 생각으로 사진을 찍었을까. 양인을 내가 알 터가 없었지만, 눈빛에서 알 수 없는 공허함이 느껴졌다. 곧 죽기 직전의 백발 할머니, 어깨가 넓은 청년, 돌돌 말린 머리의 야윈 학생 등 사진을 쓱쓱 훑어보아도 알 수 있던 건, 모두 서양인이라는 점이다.

오른쪽 복도 끝에 다다르자 마지막 **액자**가 눈앞에 있었다.
"워!"
"깜짝이야! 누구야?"
등 뒤에서 들려오는 정적을 깨우는 앙칼진 목소리에 급히 뒤를 돌아보았다.
"하핫, 미안 놀랐어?"
"당연히 뒤에서 소리 지르는데 안 놀라고 배길 인간이 어딨어?"
소리가 난 곳에는 잠들어 있던 소녀가 서 있었다. 피식 웃던 소녀는 해맑은 얼굴로 말했다.
"에이, 정작 놀랄 사람은 난데 왜 너가 놀라냐? 그리고 너 누구냐고? 그건 내가 할 소리지! 너야말로 누군데 여기를 어떻게 찾아왔어?"
"아, 미안. 자고 있었는데 기척 때문에 깼지?"
"아니, 전혀? 너 시끄럽진 않았는데?"

"여기 오는 길에 나비가 엄청 많더라. 너도 봤어?"
"나비는 어딜 가든 많은 거 아니야?"
"물고기도 봤는데, 몇 마리는 하늘을 날더라!"
"날치라서 그래."

오랜만에 만난 사람이 나와는 정반대 성격이라 얼굴에 당혹스러움을 숨기지 못했다.

"됐고! 아무튼 너 누구야? 여긴 어떻게 온 거고."

땀을 삐질 흘리는 내게 소녀는 쉬지 않고 질문을 던졌다. 다행히 심장은 진정되어, 더는 바보 같은 모습을 보이지 않기 위해 침착하게 머릿속을 정리했다.

"그러니까 나는 누구냐면…."

그러나 갈피를 잃고 말았다. 머릿속이 하얘지면서 말문이 막히는 게, 누가 봐도 도둑놈 꼴로 보이는지라 일단은 입을 떼고 봤다.

"잠시만, 내가 누구…더라?"
"대답하기 곤란하면 나중에 말해도 돼. 근데 여긴 어떻게 찾은 거야?"

기억을 짜내려 소녀의 눈을 쳐다보니, 소녀도 넌지시 내 눈을 바라보았다.

"눈을 떠 보니 잔디밭에 누워 있었어. 주변에 사람도 흔적도 없길래 무작정 걷다가 저 멀리 구름을 보고 산에 오른 게 지금이야."
"여기에 오기 전엔 뭐 했는지 기억나?"
"모르겠어. 학생이었던 것 같은데, 학교도 지붕 색도 우리 부모님이 어떤 분이셨는지도 기억이 안 나. 그리고 내 나이마저도."

이곳에 오고부터 수많은 고민을 쉽게 잊을 수 있었지만, 점차 다른 기억들까지 사라져갔다. 깊은 물 속에 잠긴 것처럼 발버둥 칠수록 더 가라앉는 느낌이었다.

"흠… 그럼 됐어. 나는 노을 하에 그럴 연을 써서 **김하연**이야, 편하게 불러."

"나는 김진운이야, 참된 진에 운명 운. 저기 뭐 하나 물어봐도 될까? 너는 여기에 왜 있는 거야?"

나의 물음마다 곧바로 대답해 주던 그녀가 이번에는 대답하지 않았다.

"말 안 해도 돼. 근데 네가 입은 양장 되게 잘 어울린다."

앳된 얼굴에 비해 그녀는 흔치 않은 서양식 양장을 입고 있었다. 정강이까지 내려온 하얀 양장에는 빨간 땡땡이가 그려져 있다.

"이거? 예전에 아빠가 생일 선물로 주셨어. 내가 가장 아끼는 옷이야. 예쁘지?"

그녀는 말을 하더니 양쪽 끝자락을 잡고 팽이처럼 제자리에서 돌았다. 곤란한 질문을 돌리는 데 성공한 듯하다.

"이 석고상은 비너스의 모습을 본뜬 거야. 로마 신화 들어봤지? 바다의 거품에서 태어났대. 이 작품은 오스트리아 시골 마을 풍경을 찍은 거라는데, 뭔가 네가 봤던 강물이랑 비슷하지 않아? 분명 저기도 여기처럼 평화로울 거야. 그리고 이건 성모 마리―"

3층에서 가벼운 대화를 마친 우리는 2층으로 내려왔고, 안내원이 된 그녀는 내가 모르는 작품 하나하나를 설명해 주었다. 양팔을 벌리고 즐거워하는 모습은 어린아이처럼 순수했다.

EP. 3

"으아, 배고프다, 그치?"

"응, 나도 배고파졌어."

"나가서 배 좀 채울까? 밖에 사과나무가 있어. 더 걸으면 고구마밭도 있고."

우리는 허기진 배를 채우러 건물 밖으로 나왔다. 건물의 분위기에 휩쓸려 볼 수 없었던 하늘이 눈에 들어오는데, 시간이 꽤나 흘렀던 모양인지 붉은빛으로 가득 차 있었다.

그녀를 따라 건물 뒤 사과나무에서 사과를 하나 땄다. 산속을 더 들어가자 잡초로 뒤엉킨 작은 고구마밭이 나왔는데, 줄기가 튼튼해 꼭 우람한 고구마가 달렸을 것만 같았다.

각자 먹을 사과와 고구마를 챙겨 하늘과 가장 가까운 산마루 턱에 나란히 앉았다. 고구마에 나뭇가지를 꽂아 작은 불을 피우고 익기를 기다리는데, 그녀가 왼손의 사과를 한 입 크게 베어 물며 진지하게 말했다.

"네가 살던 고향으로 돌아가고 싶어?"

웃음만 보여주던 그녀가 이번만큼은 달랐다. 하늘이 참 예뻤다. 그녀의 물음에 나는 생각할 필요 없이 곧바로 대답했다.

"… 아니."

연기와 함께 나의 근심도 날아가니, 노을을 띄우던 하늘도 짙어져 간다. 알맞게 익은 고구마는 살면서 먹은 고구마 중에 가장 달았다. 으뜸이었다.

불을 피운 목적은 고구마를 익히기 위해서였다. 그리고 고구마를 다 먹은 지금, 우리 앞의 모닥불은 더 이상 필요 없었지만 굳이 끄지 않았다. 작은 불씨가 산을 태울 위험이 있더라도, 그 불은 우리에게 어둠 속에서 길을 밝혀주는 빛이 되었다.

"너가 아까 물었지? 여기에 왜 있냐고."

맞은편에 앉아있는 그녀가 불타는 소리를 뚫고 조용히 말했고, 나는 그녀를 쳐다보지 않고 고개만 살짝 끄덕여 들을 준비가 됐다는 행동을 보였다.

"우리 부모님은 은행에서 일하셨어. 먼저 일하고 있던 아빠가 나중에 들어온 엄마를 보고 한눈에 반했지. 키 작고 나약해 보이는 처녀가 겉모습과 다르게 강단이 있어서 좋았대. 그런데 엄마는 아빠가 별로였나 봐. 나이도 많고 머리숱도 적고, 배도 나와서 절대 저 사람이랑 엮이지 말아야겠다 싶더래.

어느 날은 엄마가 평소처럼 일하고 있었는데, 아침 댓바람부터 웬 술 취한 아저씨가 난동을 부렸던 거야. 강했던 엄마도 덩치 큰 아저씨 앞에서는 어쩔 줄 몰라 했는데, 무심한 사람들이 아무도 도와주지 않더래. 그때 딱 아빠가 영웅처럼 나타난 거지. 실랑이 벌이던 아저씨를 엄마에게서 떼어 놓고 다리를 걸었어. 넘어진 아저씨 배 위로 아빠가 풀썩 올라타니까, 덩치 큰 아저씨도 어쩔 도리가 없었던 거야. 엄마가 겁먹은 눈으로 올려다보는데 아빠가 웃으며 말한 게 '영자씨 괜찮아유?' 그 한마디에 엄마 마음도 뺏겼지.

그렇게 둘은 결혼했고, 나를 낳았어. 매일 아침 눈뜰 때마다 부모님은 나를 쳐다보며 웃으셨고, 아빠는 퇴근길에 항상 기다란 엿가락을 사다 주셨지.

이렇게 쭉 행복한 날만 이어지던 중에 일본이 덮친 거야."

하연이 얼굴에서 미소가 서서히 사라졌다. 많은 게 잊혀졌다고 해도 그날들은 내 마음 한구석에 여전히 살아 있었기에, 하연이의 이야기를 더 듣지 않아도 마음을 이해할 수 있었다.

"평화롭게 지내던 우리는 작은 단칸방으로 집을 옮겨야만 했고, 아빠는 얼마 지나지 않아 은행에서 잘렸어. 그래도 아빠는 돈을 벌어야만 했어. 내가 어렸으니까. 그런 아빠를 둔 나는 세상이 지옥이더라도 웃을 수 있었지.

내가 학교에 있을 때면 우리 부모님은 일본군이 짓던 건물에 노역 인력으로 일하셨는데, 막상 돈 한 푼은커녕 버려진 식량 몇 개만 던져주더라. 그런 상황에서도 부모님은 희망을 잃지 않았어. 피곤한 몸을 이끌고 집에 돌아올 때면 본인들 채소 한 덩이를 모두 엿가락으로 바꿔 와서는 내 머리맡에 두고 또다시 일하러 나가셨거든.

일본인들을 위한 집을 짓고, 일본군을 위한 술집을 만들고, 일본이 필요할 때면 일을 하다가도 바로 달려가 일꾼이 됐는데… 나를 살리려 한 거야, 일본을 위한 노예가 돼야 했던 건. 그리고 두 분 다 돌아가셨어."

말을 하던 하연이가 눈물을 삼켰다. 내가 울면 안 되는 상황에서, 어째서인지 눈물이 맺혔다. 묵묵히 슬픔을 참아내는 하연이가 안쓰러웠던 걸지도 모른다. 좋지 않은 꿈처럼 생생한 장면들은 내 마음에 총알처럼 박혔다.

"작은 단칸방에 숨죽인 채 일 나가신 부모님을 기다리는데, 삼촌이 나를 깨운 거야. 졸린 두 눈을 다 뜨기도 전에 삼촌한테 업혀서 강물을 건너고, 산을 넘고, 커다란 건물 앞에 도착했지.
 엄청 놀랐어. 우리 동네에 이렇게 커다란 집이 있다는 건 못 들었으니까, 그저 신기할 따름이었지. 그때 삼촌이 울면서 말하더라. 우리 엄마, 아빠가 하늘나라에 갔다고. 어려서 그 말을 이해 못 했어. 하늘나라에 가면 좋은 거라 생각했거든. 하늘을 올려다보는데 유독 별이 빛이 나서. 근데 삼촌은 그게 아니었나 봐. 어린 나보다도 더 어린아이처럼 펑펑 울었어.

 소문은 빠르더라. 옆 마을에서 일어난 만세운동을 두고 우리 동네에 일본군들은 미리 손을 썼는지, 자기 눈에 벗어나면 닥치는 대로 잔인하게 죽였어. 하지만 우리 부모님은 나를 위해서라도 묵묵히 일만 하셨을 거야. 근데 두 분 다 이미 성할 대로 몸은 망가졌고, 체격이 작아 힘도 부쳐서… 나는 밤마다 소리 없이 울었어. 나도 죽을까 봐. 삼촌은 그런 내가 안쓰러웠는지 칼 한 자루를 손에 쥐고는 복수하겠다고 나 몰래 나갔는데, 결국 난 삼촌마저 잃은 고아가 돼버린 거야.
 갈 곳도, 반겨줄 사람도 없어서 며칠을 굶으니까 너무 배고팠어. 그래서 채소 팔이 아줌마를 찾아갔지. 예전에 우리 엄마와 왕래가 잦았거든.

굶주림에 허우적대는 나를 보면 분명 도와줄 거니까. 하지만 발걸음도 떼지 못할 만큼 충격적이었어. 이거나 먹고 얼씬도 말라며 썩은 당근 뿌리를 내던지는데, 나를 거지 취급했던 거지. 근데 난 또 바보처럼 썩은 당근을 주워서 먹었지.

 우리 가족의 온기가 남아 있는 단칸방에서 쫓겨나고, 이젠 잘 곳마저도 잃었는데. 누가 뭐 먹으면 떨어뜨리진 않을까 꽁무니를 쫓고, 커다란 나무 밑에 이름 모를 버섯을 따 먹다가 며칠을 아파하고. 잠도 그래, 구덩이에 들어가 잤다가 나도 죽여봐라 보란 듯이 마을 광장 한가운데 대자로 뻗어서 잤는데, 아무도 신경 쓰지 않더라. 되려 이상한 소문만 퍼져갔지.
 그 말을 들어보면 우리 부모님이 사실은 일본군 앞잡이였다는 거야. 엄청난 돈을 받으면서 같은 민족 사람을 부려 먹고, 팔아넘기고, 죽은 이유도 뒤로 돈을 빼돌리다 걸린 거라고. 터덜터덜 마을을 걸을 때마다 사람들은 마땅한 죽음이었다며 손가락질했는데, 동네 아이들은 돌멩이까지 던져서 내 머리에 피도 났어. 근데 우리 부모님이랑 같이 일에 동원된 사람들은 알잖아. 사실이 아니라는 걸, 정말 개죽음이었다는 걸. 그런데 아무도 입을 열어주지 않더라고.

 덕분에 배웠어. 믿을 사람 하나 없는 게 현실이라는 것을. 그대로 마을을 뛰쳐나와 달리다 보니까 이곳에 오게 된 거야. 우리 부모님의 마지막 손길이 닿은 곳, 광연루에."

하연이가 가리킨 건물 쪽 손가락 끝은 애써 웃어 보이는 것과 다르게 무진장 떨리고 있었다. 나는 하연이가 울었으면 했다. 나를 생각해서 웃는 하연이가 고마웠지만, 마음을 숨기지 않았으면 했다. 지켜주고 싶은 마음이 굴뚝을 타고 날아가는데, 내 진심을 어떻게 전할 수 있을까. 고민 끝에 딱 한 마디가 떠올랐다.

"나는 믿어도 돼."
하연이는 내 말에 방긋 웃었다. 더 이상의 말 없이 우리는 한참 먼 하늘만 바라봤다. 이곳에는 사람도 없고, 고통 또한 겪지 않는다.
아침이 되면 하연이와 강가에서 물을 퍼와 꽃밭에 주고, 내리쬐는 햇살을 피해 숲속에서 숨바꼭질을 했다. 출출하면 버섯과 사과, 고구마를 캐서 배를 채우고, 밤이면 달빛이 감싸는 건물 3층에 올라 잠들기 전까지 이야기를 하다 잠에 빠진다. 여기에는 사람도 없고, 고통 또한 겪지 않는다. 내가 변할 수 있었던 건 변하지 않은 하연이 덕분이다. 처절한 절망 끝에서 마주한 잃고 싶지 않은 평화였다.

오늘도 다를 게 없다. 행복할 것만 같던 날들은 사실 가면을 썼던 것이고, 나는 미처 자세히 들여다보지 않았다.
초반에는 즐거웠다. 강가에서 퍼온 물이 흘러내리지 않도록 조심히 걷던 내게, 하연이는 웃음기 가득한 얼굴로 장난을 치고, 그로 인해 다시 돌아가 물을 퍼 담는 일이 잦았다. 한 번은 나도 지기만 할세라 하연이 등 뒤로 숨어 담아왔던 물을 뿌렸는데, 하연이는 어디서 가져왔는지 내 바구니의 두 배쯤 되는 양동이를 가져와 된통 당하는 일도 있었다.

 낮에는 숨바꼭질을 했고, 그다음은 배를 채우고, 밤에는 건물 안에서 잠을 잤다. 그리고 오늘도 다를 것 없는 하루를 보내야 한다. 지겹다. 재미없고 따분하다. 점점 지쳐 가다 못해, 형무소처럼 나를 가두는 일상이 답답한 지경에 이르렀다.
 "근데 우리 언제까지 이렇게 살아야 해?"
 안락의자에 앉아 있던 하연이에게 물었다.
 "이렇게 산다니, 뭐가?"
 "몇 달 전부터 어제까지, 아니? 오늘도 똑같을 거야. 내일도 내가 맞춰볼까? 분명 저번 주랑 다를 거 없을걸?"
 "그래서?"
 "그래서라니? 이건 미친 거야. 사람이라면 이렇게 못 살아, 답답하니까. 지긋지긋한 하루가 넌 아무렇지도 않은 거야?"
 "그게 잘못된 거야? 너도 평화로워서 행복하다 했잖아."
 "이젠 아니야. 나 이렇게는 못 살겠어, 내일 아침이 되면 나가줄게."
 "… 같이 있어 주겠다는 약속은?"
 "난 너한테 그런 말 한 적 없어."

 아침 해가 뜨자마자 곧바로 1층으로 내려왔다. 언제 일어났는지도 모를 그녀가 문 앞에 서서 나를 가로막았지만, 이미 지칠 대로 지쳐버렸기에 내가 가지 않을 이유가 되진 않았다. 팔을 밀치자 그녀는 큰 저항 없이 밀려났다. 심정을 알 리 없는 햇살은 더욱 쨍쨍하게 나를 비췄다.

산에서 내려가려 숲속에 들어섰다. 매일 먹던 버섯이 나무 아래 무리 지어 있고, 짝을 찾기 위한 잠자리가 날아다닌다. 달리고 또 달렸다. 낮에 숨바꼭질하던 숲을 지나, 아침마다 꽃밭에 물을 주기 위해 들르던 강가에 가까워지니 점차 화원에서 멀어질 수 있었다.

그리고 드디어 그녀를 만나기 전에 처음 눈을 떴던 자리로 돌아왔다. 숨은 이미 턱 끝까지 차올랐지만, 쉴 틈 없이 소리쳤다.

"저기요! 저기요!"

때로는 욕설도 나왔다. 그러나 돌아오는 건 내 목소리뿐이다. 기분 나쁜 바람에 휘청이는 초록 잎, 거칠게 들리는 강물 소리와 그 물결 따라 떠다니는 물고기 떼. 발 아래엔 빨강, 주황, 노랑, 파랑, 이름 모를 꽃들이 발목을 붙잡는다.

하룻밤이 흘렀나, 이틀 밤을 지샜나, 며칠은 꼬박 보낸 것 같은데 나는 돌아가지 못했고, 모든 건 달라지지 않았다. 그리고 또 하나 더 있다. 처음엔 우연인가 싶었지만 두 번째, 세 번째, 그 후로는 이상한 기분이 들어 걷던 길에 돌멩이를 놓았는데, 많이 걸었다 싶으면 그 자리 그대로 돌멩이가 있었다. 혹시 내가 죽은 건가 착각하여 볼을 꼬집었지만 고통은 고스란히 전해졌다.

'사람으로 태어나 이미 정해진 불행이었던가'

내 힘으로 바꿀 수 없다는 무력감에 그대로 녹초가 되어버렸다.

"처음 여기 온 날이 생각난다. 그땐 눈앞에 보이는 모든 게 다 좋았었는데…"

하얀 드레스를 입은 그녀

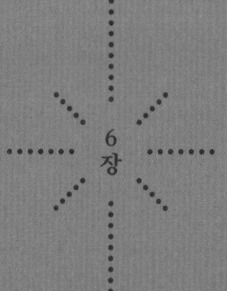

6장

하 얀 드 레 스 를 입 은 그 녀
EP. 1

"… 일어나 봐."
아무것도 안 보인다.
"… 저기, 눈 좀 떠!"
이제는 헛소리까지 들려왔다.
"… 아, 진짜 죽은 거 아니야? 일어나! 얼른!"
누가 우는 걸까. 몸에 느껴지는 빗방울이 너무나 따뜻하다.
"그만, 이제…."
나는 누구이고, 여긴 어디일까. 아쉬운 건 없는데, 왠지 모를 서글픔이 밀려왔다.
앞에 희미한 불빛이 보이는데, 따라가도 괜찮은 걸까?

"괜찮아?"

"… 너는?"

눈을 뜨니 그녀가 내 앞에서 울고 있었다.

"무리해서 일어나지 마. 피나잖아, 너 많이 다쳤어."

그녀의 말대로 몸은 온전한 곳 하나 없이 피가 묻어 있었고, 작은 움직임에도 왼쪽 갈비뼈가 욱신거렸다. 고통이 따르며, 할 수 있는 행동이라곤 주변을 둘러보는 것뿐이었다.

"나 죽은 거야?"

"아니, 살아있어."

행복한 꿈을 꾸었다. 지금 내 앞에 그녀와 매일 함께 보내는 시간들, 그리고 눈을 뜨니 정말 내 앞에 그녀가 있는 것이다.

"네가 날 여기로 데려다 놓은 거야?"

"기억 안 나?"

"너랑 같이 있는 꿈을 꿨어. 그거 말곤 기억이…."

"그게… 올라오던 길에 사람 소리가 들려서 와 보니까 네가 쓰러져 있었더라고."

"날 구해줬구나…."

"그건 됐고, 여기 왜 온 거야? 몸은 또 왜 다쳤고."

그녀는 생색 하나 없이 내 걱정만 했다. 작은 몸으로 비에 젖어 무거워진 나를 업고 산까지 올라온 그녀가 너무나 고마웠다.

"비바람이 그렇게 불었는데, 너야말로 여기는 왜 온 거야, 바보 같이."

"비? 아, 맞아. 그래서 나도 몇 번 휘청였어. 그래도 감동이야, 나를 찾아줄 줄은 몰랐어."

그동안 쌓아 두었던 얘기가 많았던 터라, 내 앞에 앉아 있는 그녀에게 속사포로 질문을 쏟아냈다.

"어떻게 지냈어?"
― 난 평소처럼 지냈지.
"그날 다시 병원에 들어간 거야?"
― 너 잠드는 거 보고 들어갔어, 배가 고프더라고.
"그럼 깨우고 가지, 난 네가 무슨 일 생긴 줄 알고 얼마나 걱정했는데."
― 푸하핫, 미안. 네가 새끼 사슴처럼 너무 곤히 자길래 깨우기 힘들었어.
"어디 아픈 데는 없는 거야?"
― 물론이지. 내가 보기엔 약해 보여도 이건 다 근육이야, 걱정 마.

처음 만났던 날, 어린아이 같았던 그녀의 모습을 오늘의 내가 똑같이 하고 있었다. 그녀 역시 하고 싶은 말이 많겠지만 못 본 사이 성숙한 어른이 되어 나를 달래주기에 바빴고 그런 그녀를 보며 나는 가슴을 쓸어내렸다.
"맞다, 물 가지고 왔는데 마실래?"

그녀가 물을 가지러 1층에 내려간 사이, 3층에 혼자 남은 나는 그제야 주변을 살폈다. 어디를 둘러보아도 그녀와 처음 들어왔던 그날의 건물과 다를 게 없다.
'분명 그날 저녁은 다 무너져가고 있었는데―'

긴 생각이 이어지던 와중에 꼬리를 자른 건 아래층에서 들려온 목소리였다.

"여기 물 던질게! 잘 받아!"

3층으로 향하는 계단에 올라오던 그녀가 물병을 던졌지만 환자 신세였던 나는, 그대로 포물선을 그리며 날아오는 물병에 머리를 맞았다.

"헐, 미안… 못 움직이지? 아프겠다."

사과하는 그녀는 숨길 수 없는 웃음을 머금었다.

"그냥 날 때리고 싶었던 거 아니야?"

속마음을 들켰는지 그녀가 방긋 웃었다. 그녀가 주워 준 물을 한 모금 마시고 나니, 그간 알아채지 못했던 그녀의 옷차림이 눈에 들어왔다.

"근데 너 옷이 그게 뭐야?"

"어때? 좀 공주님 같아?"

그녀는 환자복이 아닌 빨간색 땡땡이 무늬의 하얀 원피스를 입고 있었다. 원피스 양 끝을 검지 손가락과 엄지손가락으로 집고 제자리에서 턴을 하는 그녀의 모습은 얼마 되지 않은 시간 동안 많이 달라진 느낌이었다.

"나 퇴원했어."

"진짜? 축하해. 공주님까진 아니어도 어울리긴 해."

"치, 예쁘다 생각했으면서."

토라진 그녀가 자리에서 일어나 주위를 걷기 시작했다. 그녀를 따라가던 내 시야에 창밖 구름이 들어왔고, 언제 그랬냐는 듯 잠잠해진 태풍에 하늘은 개어 있었다.

"근데 만약 널 구한 게 내가 아니었다고 하면 어떨 것 같아?"

창밖을 바라보며 말하는 그녀의 얼굴은 보이지 않았지만, 꽤 진지한 분위기였다. 그 말에 나는 곰곰이 생각해 봤지만, 그녀가 아니면 내가 여기 멀쩡히 누워 있을 리가 없었다.

"네가 아니면 누가 태풍 부는데 날 구했겠어? 더군다나 신고도 없이 낯선 건물 3층에 올려다 놓았는데."

"그치? 너 업고 오는데 너무 무거워서 생색 좀 내봤어. 한 번 더 고마워하라고."

그녀는 뒤돌아 평소 같은 웃음을 띠었다.

"지금 몇 시쯤 됐으려나? 부모님이 걱정하실 텐데, 너도 집에 연락해 봐야 하는 거 아니야?"

"괜찮아. 부모님이 걱정하실까 봐 온 거야."

조용히 말하는 그녀의 말에는 사정이 있어 보여, 급히 대화 주제를 바꾸기 위해 지난 일들에 대해 꺼냈다.

"처음엔 되게 원망했어, 낯선 곳에 데려와 놓곤 갑자기 사라졌으니까. 그런데 하루, 이틀 지나니까 화는 금방 가라앉았어. 오히려 걱정되더라. 병원에서 도망친 네가 돈도, 핸드폰도 없다는 걸 알았으니까. 걱정이 커져갔는데 어제 학교에서 네 목소리가 들려왔어."

묵묵히 내 얘기를 듣던 그녀가 뒷짐을 지고 말했다.

"환청이겠지."

"맞아, 우리 학교가 남녀공학이 아니다 보니까 더 놀랐던 거야. 신기하게도 학원 가는 길에 너 닮은 사람까지 만났어. 근데 하필 태풍도 온다는 거야. 이걸로 널 찾을 수 있는 명분은 충분했지. 다 떠나서 보고 싶다는 마음으로 몸이 움직였으니까. 진심으로 보고 싶었어, 이름 모르는 네가."

말을 하다 보니 무심코 숨겨놓았던 진심을 고백하고 말았다. 내 얘기를 듣던 그녀는 한참 멍하더니 내 앞으로 다가와 물었다.

"내가 보였어? 내 목소리가 들린 거야?"

그녀의 앞머리 사이로 맺힌 땀방울이 보였다. 별것 아니라는 듯 말하지만 전혀 침착해 보이지 않았다.

"잘 못 본 거겠지. 목소리는 네 말대로 환청이고."

내 말을 듣고 그녀 얼굴에서 그늘이 사라지더니 금세 장난기 가득한 표정으로 입을 열었다.

"너 나 진짜 보고 싶었나 보네? 환청 듣고 다른 사람까지 나로 착각하고 말이야."

그녀의 말에 당황한 나머지, 얼굴이 붉은 사과 껍질처럼 빨갛게 익어 버렸다.

"하연."

"하연?"

"내 이름이야. 노을 하에 그러할 연, 김하연."

시대를 타지 않는 그녀의 이름은 귀여운 얼굴과 잘 어울렸다.

"하연, 좋은 이름이다. 이제 퇴원도 했는데 앞으로 어떻게 지낼 거야? 역시 학교에 들어가려나?"

"학교도 좋지만, 몸이 이래서 못 갈 것 같아. 병원에서 이제 막 나오기도 했고, 지금은 좀 쉬고 있어. 알아내야 할 것도 있고."

"그렇겠다, 매일 병실에만 있었을 테니까. 근데 알아낸다는 건 뭐야?"

"숙녀라면 사소한 것 하나하나 알고 싶어 하는 법이야. 물론 알고 있는 것도 많고."

"알고 있는 거?"

"예를 들면 네가 입고 있는 팬티 색깔이 초록색이라는 거?"

하연이의 말을 듣고, 산을 오르던 중 찢어진 교복 바지가 떠올랐다. 설마 하는 마음으로 보면 안 될 것을 확인하니, 파도처럼 몰아치는 수치심에 고개를 들 수 없었다. 손바닥으로 엉덩이를 가리고서 슬금슬금 소파 쪽으로 기어가며 말했다.

"아는 게 힘이라지만, 때론 모르는 게 약이야…."

내 모습이 웃겼는지 하연이가 말없이 웃기만 했다.

"궁금한 것도 많다 했잖아. 나도 같이 하고 싶은데."

"같이?"

"백지장도 맞들면 낫다잖아. 내가 큰 도움은 못 돼도 힘은 되지 않을까?"

하연이는 내게 특별해졌다. 오랜 시간 사람을 믿을 수 없던 신념을 깨뜨려준 것도, 겪어본 적 없는 복합적인 감정을 처음 일깨워준 것도 전부 하연이었다.

"… 너한테 힘들 거야, 많이."

하연이가 고개를 푹 숙이며 말했다.

"괜찮아. 나는 믿어도 돼."

말에 확신이 없어 보일까, 나는 한껏 안정된 목소리로 대답했다.

"많이 어두워졌다. 나는 일단 여기서 자고, 내일 해 뜨는 대로 바로 일어나려고."

아직 몸 상태가 완전하지 않아 활동 반경이 좁았기에, 나는 내키지 않은 노숙을 택하려 한다.

"그럼 나도 같이 있지 뭐."

많이 졸렸던 걸까, 하연이는 눈을 비비며 말했다. 늦은 밤에 남녀가 시간을 보낸다는 것은 옳은 일이 아니지만, 그런 걸 따질 겨를 없이 그저 피곤했기에 나는 별말 없이 고개만 끄덕였다.

"어디 가?"

조금이나마 불편을 주지 않도록 2층으로 내려가기 위해 몸을 일으켜 세웠는데, 하연이가 소파에서 불쑥 일어나 말했다.

"난 2층에서 자려고."

"가지 마."

"응?"

"가지 마, 같이 있어 줘."

"너 설마 귀신 나올까 봐 무서워서 그래?"

"아니거든!"

"어흥!"

"꺅!"

백 번 당하다가 한 번 친 장난에 하연이는 소스라치게 놀라더니, 곧 원망 섞인 눈빛으로 나를 노려보고 있다.

"그럼 넌 거기서 계속 자. 나도 움직이긴 무리야. 저기서 잘게."

나는 구석을 가리키며 말했고, 우리 사이엔 묘한 기류만 흐를 뿐이었다. 많은 얘기가 오갔지만, 때론 오랜 친구처럼, 때론 한 배를 탄 동료처럼, 시답잖은 얘기도 나누다 보니 슬슬 눈이 감겨왔다.

EP. 2

    그녀와의 일상이 지겨워졌다. 매일 같은 아침을 보내고, 정해진 루틴처럼 따르기만 하다 하루를 다 보냈다. 도망치려 건물에서 뛰쳐나왔을 땐 이미 되돌릴 수 없는 운명처럼, 쳇바퀴만 돌 뿐이었다.
    '처음엔 분명 행복했었는데….'
    사람으로 태어나면서 운명이 정해진다면, 오늘 당장 죽는다 해도 받아들여야 하는 걸까.

    "일어나!"
    통창으로 내리쬐는 강한 햇빛과 사이렌처럼 울리는 하연이의 목소리에 깊게 빠져 있던 꿈에서 깨어났다.
    "악몽이라도 꿨어? 얼굴이 더 늙었네?"
    "이상한 꿈을 꿨어."
    옛말에 잠이 보약이라 했던가. 아직 젊은 내게는 해당 사항이 없을 줄 알았다. 온몸 구석구석으로 번진 찌뿌듯했던 허리는 자고 일어나니 걸어 다닐 정도로 금방 좋아졌다.
    밖으로 나가기 위해 계단 봉을 잡고 1층까지 내려왔다. 내려오면서도 내부를 둘러보았지만, 역시나 다를 거 없는 모습에 오히려 청결함까지 느낄 수 있었다.
    하연이와 처음 만난 날에 혼자 남겨졌던 장면이 생생하다. 지금과는 대비될 정도로 사방은 더러웠고 조형물은 망가져 있었다.
    깨진 타일의 파편과 스며든 곰팡이 냄새는 꿈이라 치부하기엔 피부에 또렷하게 남아 있다. 뇌는 시간이 지나면 조작된 기억을 모두 사실로 받아들이게 된다. 난 단순히 착각한 것이다. 지금 내 앞의 모든 건 그대로이기 때문이다. 이 모든 건 꿈이다.

밖으로 나오니 푸른 하늘이 나를 반겼다. 어젯밤에 젖었던 교복 와이셔츠를 벗어 나무에 걸었다. 반팔만 입고 있는데도 춥지 않은 날씨에, 반나절이면 와이셔츠가 마를 것이라 생각했다.

두 팔을 벌려 맑은 공기를 온몸으로 만끽해 본다. 몸에 쌓여 있던 온갖 스트레스들이 밝은 빛으로 하여금 새롭게 채워지고 있다. 형형색색 예쁜 꽃들이 피어 있고, 그 위로는 잠자리들이 날아다닌다.

하늘에 손가락을 뻗어 그림을 그리니, 작은 구름 하나가 솜사탕이 되었다. 강아지 구름, 닭 다리 구름, 도넛 구름이 함께 떠다니고 있다.

"거기서 뭐 해?"
"나 교복 좀 말리려고."
소파에 누워 있던 하연이가 어느새 밖으로 나와서는 내게 말을 걸어왔다.
"해가 중천에 떴는데 너는 하루 종일 누워만 있냐?"
"그러네? 어쩐지 슬슬 배고프더라."
"배달 음식은 안 오겠지? 아무래도 산이라 식당 가려면 한참을 내려가야 할 텐데, 맞다 나 지갑도 잃어버렸어."

나는 지갑 같은 귀중품은 늘상 바지 주머니에 챙기고 다녔다. 그래서인지 여러 방면으로 찢어진 바지 주머니 속에는 아무것도 남아 있지 않았고, 가방에도 젖은 학습지들과 의미 없는 교과서뿐이었다.

"그러면 산에서 먹을 것 좀 찾지 뭐. 어차피 환자 들쳐 메고 산에 내려갈 생각은 없었는걸?"

하연이는 '환자'라는 단어에 악센트를 두며 숲속으로 걸어갔다. 나는 또다시 버려질세라 서둘러 하연이의 뒤를 따라 밟았다.

"산에 먹을 게 있긴 하나?"

"걱정 마. 여기로 쭉 가면 사과나무가 있어."

앞장선 하연이를 따라가며 주변을 살폈지만, 도시에서만 자란 내게는 모든 게 잡초로만 보였다.

"이걸… 먹어도 되는 거야?"

하연이가 데려간 곳에는 멀쩡한 사과나무란 없었다. 바닥에 널브러진 사과는 이미 상해버려서 거름이 되어 갔고, 자신만만하던 모습은 온데간데없이 하연이의 입은 움직임이 줄었다.

"이 누나가 어떻게든 먹여 살릴게, 좀만 참아."

사과는 뒤로 한 채 우리는 고구마밭을 가기 위해 걸었다. 도착한 곳에는 먼저 온 손님이 있었던 것처럼 수많은 줄기가 뜯겨져 있었고, 태풍의 영향으로 곳곳에 물웅덩이가 가득 차 있었다.

"이거 봐봐! 이 누나만 믿으랬지?"

"그게 뭐야?"

낫지 않은 몸을 이끌고 많이 걸었던 탓에 잠시 나무 아래서 쉬고 있는데, 손에 버섯을 가득 움켜쥔 하연이가 환호성을 내지르며 내게 달려왔다.

"그 버섯 먹어도 되는 거야?"

"먹어도 돼, 예전에 누가 얘기해 준 버섯이야."

의기양양해진 하연이의 어깨는 하늘을 뚫을 기세로 높게 솟아 있었다. 분위기를 초 치고 싶지는 않았지만 여기서 죽고 싶지는 않았던 터라, 하연이의 말에 흙을 뿌려야만 했다.

"그거 독버섯 같은데?"

하연이가 보여준 버섯은 밑동이 흙 때문에 구별하기 어려웠지만, 전체적으로 황색 빛을 띠고 있었다. 여러 번을 의심의 눈초리로 둘러보았지만, 나도 딱히 전문지식이 있었던 것도 아니었던지라 내키지 않은 식사를 하려 한다.

내 마음과는 다르게 하연이는 천진난만한 모습으로 건물로 들어가더니, 녹이 슨 양은 냄비를 가져왔다.

"오늘은 내가 요리사야. 저기서 나뭇가지 좀 가져와 줄래?"

하연이의 말대로 나뭇가지를 챙겨 오니, 자리에는 돌멩이를 원으로 쌓아 올려 그럴싸한 화로가 만들어져 있었다.

"잘 가지고 왔네. 그거 이 안에다 좀 넣어봐."

"근데 불은 어쩌게?"

"내가 다 생각해 놨지."

하연이는 말하면서 당당하게 주머니에 있던 라이터를 꺼냈다.

"야 너 그거—"

"어허! 원래 여자는 담배를 안 피우더라도 이건 꼭 챙기는 법이야."

"방화가 취미야?"

"너 진짜 모른다. 됐어, 넌 바보야."

일방적인 대화가 끝이 나고, 우리는 버섯이 익을 때까지 기다렸다.

"내 인생 19년 동안 애타게 버섯 익기만을 기다리는 것도 처음이네."
"이제 먹어도 되나?"
각자 커다란 버섯을 하나씩 집어 들고는, 뜨거운 김이 날아가도록 손으로 부채질을 했다. 그렇게 한입 베어 문 버섯은 그동안 먹었던 샤브샤브 속 버섯보다도 더 맛있었다. 오독오독 씹히는 식감과 소금을 안 넣어도 적당한 간. 우리는 먹으면서도 짜여진 약속처럼 한마디조차 하지 않고 식사에 집중했다.

"잘 먹었다! 배도 어느 정도 찼는데 심심하지 않아?"
"딱히."
"그럼 숨바꼭질이나 할래?"
"왜 물어본 거야?"
나는 쉬고 싶었기에 하연이와 있는 자리에서 벗어나기 위해 일어났지만, 하연이가 뒤로 짚고 있던 손을 내게로 뻗으며 집요하게 말했다.
"잡아줘!"
"너 무겁잖아. 혼자 일어나."
"윽… 난 무리야. 그래, 너 혼자서라도 떠나."
"상황극이야? 알았어, 나 갈게."
"진짜 가게? 그래, 꼭 너 혼자라도 살아 봐."
"반강제잖아 그거."
어쩔 수 없이 손을 잡아주니, 하연이의 따뜻한 온기가 고스란히 느껴진다. 하연이는 일어나 주름 접힌 원피스를 정돈하고는 묘하게 말을 아꼈다. 초등학교를 졸업하고는 이런 유치한 놀이를 해본 적이 없었기에 손사래 쳤지만, 어색해진 분위기에 나는 제안을 받아들일 수밖에 없었다.

"그래, 하자. 뭐, 숨바꼭질이든 술래잡기든."

"진짜? 좋아!"

"대신 조건이 있어."

"조건까지 붙는 거야? 뭔데?"

"첫째, 나는 환자니까 많이 못 움직여. 뛰는 건 무리니까 너보다 30초는 더 숨을 수 있게 해줘."

"오케이, 문제없어."

"둘째, 너무 멀리 가면 위험하니까 이동 반경은 숨어도 시야에서 건물이 보이는 근처로 하자."

"당근이지."

"셋째, 한두 판 해보고 재미없으면 바로 쉬는 거야."

"어허, 과연 재미가 없을까?"

규칙을 정하고서 서로를 말없이 바라보다, 먼저 등을 돌린 하연이가 달리며 단둘이의 술래잡기를 시작했다. 짧은 웃음소리가 터지며, 뒤따라 달리고, 잡고, 피하고. 조용히 들어간 건물에서는 어둠이 번졌지만, 나를 지나치는 하연이의 그림자에 웃음을 참을 수 없었다.

숨죽이며 마음 졸이던 중에는 손을 뻗은 하연이의 입가에서 잔잔한 미소가 번진다.

"잡았다."

숨을 헐떡이던 하연이의 얼굴을 보니, 나는 더 이상 도망을 멈춰야만 했다.

"이제 네가 술래 할 차례야."

뜨거운 햇살은 점차 시원한 바람과 맞부딪히며 열기를 식혔고, 시간 가는 줄 모른 채 어린아이로 돌아간 우리는 둘만의 세계에서 한없이 노는 것에 빠져 있었다.

"봐봐, 재미없을 거라 해놓고 막상 하니까 재밌었지?"

얼굴에 맺힌 땀방울을 식히기 위해 잔디밭에 나란히 앉아 있던 중에 하연이가 말했다. 내키지는 않았지만, 입고 있던 흰 티에 얼룩들은 사실을 부정하지 못했다.

"뭐, 할만하네. 지금 몇 시 정도 됐으려나."

"슬슬 춥긴 하다. 몇 신지 알면 저번처럼 나 두고 집에 가버리려고?"

하연이의 말도 그럴 것이, 일교차가 심해진 요즘 날씨에 우리는 얇은 복장으로 산에 앉아 있었고, 찬 바람이 불어올 때면 고스란히 온몸으로 받아냈다.

"근데 너 웃기다. 내가 너 혼자 두고 집에 갔다고? 진짜 가버린다?"

"푸핫, 미안 미안. 농담이야. 너 말은 그렇게 해도 막상 나 보고 싶어서 학원까지 땡땡이치고 달려온 거 아니야?"

"귀신이라도 나올 것 같은 음침한 곳에서 몇 시간을 헤맨 공로는 눈치 못 챈 거야?"

나의 농담이 재미가 없었는지 하연이의 얼굴에서 웃음기가 사라졌다. 난감하던 찰나였지만 하연이가 정적을 깨고 말했다.

"으아, 놀고 나니까 또 배고파지네."

"그러니까 배고프네. 누가 환자를 상대로 이를 악문 덕분에."

"누나가 먹을 것 좀 구해올게. 추우니까 아가는 얌전히 광연루 안에서 기다려."

"또 버섯일 거잖아."

"싫어? 그럼 굶던가."

하연이는 말을 끝내고 자리에서 일어나 엉덩이에 묻은 흙먼지를 털어냈다. 시야에서 하연이가 숲속으로 점점 멀어져 가며, 나도 폐건물 안으로 들어올 수 있었다.

1층에 들어서니 작은 단상 앞에 놓인 테이블과 의자들이 나를 반겨주었다. 가구들은 꽤나 촌스러운 디자인이었지만, 성한 곳 하나 없이 관리가 잘 되어 있다. 어쩌면 요즘 유행하는 빈티지 스타일처럼도 보였다. 비어 있는 의자에 앉으니 자연스레 눈은 무대 위를 향했다. 작은 단상을 봐도 당시 무대는 상상되지 않는다. 아무래도 역사적인 가수의 거창한 노래가 흘러나오지 않았을까 싶다.

2층에 올라가니 입구 바로 걸려 있는 거울이 보였다. 상반신 정도 되는 사이즈에는 내 얼굴만 담겼지만, 그날 바라본 거울 속의 나는 내가 아니었다. 헛된 꿈이라 생각하기로 다짐했건만, 그때가 생생하다. 깨진 거울 아래쪽 벽에는 핏자국이 묻어 있었고, 착각할 만큼 나와 닮은 사람은 무언가를 말하며 눈물을 흘렸다. 동시에 나를 향해 손을 뻗으니 소스라치게 놀랐던 나는 다리에 힘이 풀려 곧장 계단을 미끄럼 타듯 내려왔었다.

'꿈이야, 그건….'

팔에 돋은 닭살을 있는 힘껏 비비며 입구 앞을 지나치니, 그때와 달라진 것 없이 멀쩡한 조형물들이 복도에 줄을 지었다. 별 감흥은 없었기에 복도를 스쳐 지나던 중에, 시선을 끌어당기는 곳에서 걸음을 멈춰야만 했다.

"성모 마리아—"

EP. 3

내 키보다 세 뼘 정도는 더 높았기에 고개를 들어야 했다. 진품과 가품의 구별법을 아는 건 아니지만, 처음 봤을 때는 정성이 깃든 정교함에 놀랐었다. 그러나 지금 내 앞에 있는 성모 마리아는 한눈에 봐도 엉성하기 짝이 없다. 물론 그때나 지금이나 기존 작품을 따라 비슷하게 깎은 복제품에 불과하겠지만, 그걸 알면서도 지금 내 앞에 있는 석상은 너무 가짜처럼 다가왔다.

2층 구경을 마치고 터벅터벅 올라간 3층은 언제부턴가 익숙한 집에 들어선 듯 마음이 놓였다. 아침까지도 이곳에 머물렀기에 3층은 건물 밖을 나서던 때와 다를 바 없었다. 사람이 왔다 가지 않았다면 그게 당연했다.
 밤새 뒤척이다 틀어졌던 소파를 정리하고 그 위로 몸을 얹으니, 정면에 놓인 카메라 한 대가 눈에 들어온다. 꽤 고가로 취급됐을 카메라는 온갖 버튼을 눌러 봐도 전원이 들어오지 않는 골동품으로 전환했다.
 일어난 김에 이 카메라로 찍었을 법한 사진들을 차근차근 살펴보았다. 흐릿한 화질 속에는 다양한 사람들의 텅 빈 눈동자가 담겨 있다. 시간이 많이 흘러 사진 속 사람들은 전부 죽었겠지만, 죽음과는 거리가 멀어 보이는 남자아이의 얼굴을 보니 생각이 많아진다. 사람들은 어린아이가 죽으면 흔히 '꽃 피우지 못했다'고 말하지만, 그 꽃이 그냥 꽃이었는지, 독초였는지 죽은 사람은 말하지 못한다. 만약 갑작스레 내가 생을 마감한다면 내 액자에는 어떤 사진이 걸리게 될까.

모퉁이를 돌고 나니 서양 여인을 시작으로 백발 머리의 할머니와 팔에 힘줄이 돋은 몸 좋은 청년, 내 또래 여자아이 등 낯설지 않은 사람들의 사진을 볼 수 있었다. 그들이 카메라 앞에 섰을 때 어떤 심정이었는지는 모르지만, 단 한 명도 웃는 사람이 없었다는 점에서 촬영 분위기는 대강 짐작이 됐다.

슬슬 건물 주인이 궁금해지면서 내 걸음은 오른쪽 복도 끝에 가까워졌다. 이제 남은 건 마지막 액자 한 장뿐이다.

"내가 너만 오라고 했지?"

사진을 향해 고개를 돌리려던 그때, 창문 너머로 그녀의 목소리가 들렸다. 혼잣말치고는 꽤나 격정적인 언성이어서 나는 자연스레 창가로 걸음을 옮겨야만 했다. 건물 뒤편에 있는 듯 그녀는 내가 바라보는 시야에서는 전혀 보이지 않았다.

"누구 데려오지 말라고도 안 했잖아."

그녀를 보기 위해 빈집에 도둑처럼 좁은 보폭으로 한 칸 한 칸 계단을 내려갔다. 혹시 건물 주인이 나타나 언쟁을 벌이는 건 아닌지 동시에 귀도 기울였다. 하연이의 목소리가 잘 들리진 않았지만, 분명한 건 하연이를 제외한 다른 사람이 한 명 더 있다는 것이다.

3층에서 2층, 2층에서 1층으로 내려갈 때마다 추측은 확신이 됐다. 문손잡이를 잡고서는 그녀와 마주치진 않을까 잠시 망설였지만, 위에서 그녀가 건물을 등지고 있는 걸 확인했기에 지체하지 않고 곧장 나왔다.

"난 너랑 달라."

영화에서 본 형사처럼 외벽에 몸을 바짝 붙였지만 동작은 어설펐다. 작은 체구로 겨우 몸을 숨기고 하연이가 있는 건물 뒤편으로 고개만 살짝 내밀었지만, 그녀의 얼굴은 보이지 않았다. 그녀는 등을 돌리고 있고, 얼굴이 보일라 하면 난감하게도 툭 튀어나온 건물 구조 때문에 마주할 수 없었다. 기린처럼 고개를 최대한 뻗어도 목만 아팠던 터라, 상황을 지켜볼 다른 방법을 고안했다. 눈이 아닌 귀를 기울여 본다.

아니, 너라고 뭐 다르진 않아.
이유도 말 안 해주고 무작정 그러는 거 어린애 같지 않아? 이제는 너도 마음을 열어 봐.
걔가 너 아픈 건 알아?
병원 다니는 거 말했어.
왜 다니는지도? 자꾸 말 끌지 마. 너 부모님 보고 싶던 거 아니야?
그건 너도 내가 필요한 거잖아.

나 이제 가봐야 돼. 아까 내가 말했던 거나 잘 생각해 봐, 뭐가 됐든 결국 피 보는 건 너가 될 테니까.

그녀는 네다섯 살은 더 어려 보이는 여자아이와 대화를 나누고 있었고, 그들은 내가 이해할 수 없는 얘기만 주고받았다.

갑작스럽게 끝난 대화 탓에 누가 누구인지 구별도 못 했지만, 서둘러 건물로 돌아가야 했다. 바깥에서 문 손잡이를 잡자마자 몸부터 집어넣었는데, 다급한 나머지 입구 턱이 있다는 걸 계산하지 못했고 그만 오른쪽 정강이를 부딪히고 말았다. 다행히 신음소리는 나오지 않았지만, 계단을 오르려던 순간 고통이 몰려와 발을 구르며 고통을 분산해야 했다.

"여기서 뭐 해?"
왼손은 정강이를 부여잡고, 오른손으로 계단 봉을 잡은 채 2층은커녕 한 계단도 오르지 못하고 있는데 어느새 하연이가 입구 앞에 서 있었다.
"아… 그게."
몰래 엿봤던 게 걸린 것이라 생각했다. 하연이는 정색했고, 정강이는 쓰라렸다. 상황을 모면하려 머리를 굴려 봤지만, 더는 잔머리도 소용없었다. 애꿎은 다리만 붙잡고 어물쩍이고 있는데, 하연이가 먼저 입을 뗐다.
"내가 너무 늦어서 걱정돼서 내려왔구나, 그러다가 발을 접지른 거고."
갑작스레 좋은 사람이 되어버린 나는 안도의 한숨을 내쉬었다. 하연이는 말하면서 다시 미소를 머금었고, 나도 따라 웃었다.
"그치, 올 시간이 됐는데도 안 오니까. 난 너처럼 버리고 안 가."
"미안, 버섯 구해보려 했는데 산토끼가 갉아 먹었는지 멀쩡한 게 하나도 없더라. 하루 종일 놀아주느라 많이 배고플 텐데."

"괜찮아, 뭐 다른 거 찾아보자."

"또 미안한데, 이제 너 집에 가."

하연이는 웃고 있다, 언제나 늘 그랬던 것처럼. 눈동자를 바라보면 그 말이 진심인지, 거짓말인지 알 수 있다고 한다. 그리고 나는 알 수 있었다. 흔들리지 않고 말하는 그 말이 진심이라는 것을.

"갑자기 왜 가라는 거야?"

"너 필요 없어졌어."

다친 부위를 정강이에서 발목으로 숨기려 했지만, 하연이의 한마디에 생긴 당혹스러움은 감출 수 없었다.

"난 믿어도 된다고 약속했잖아."

웃는 척하는 게 힘이 부쳐서였는지, 하연이는 고개를 푹 숙였고 나는 말을 뱉어냈다. 그러자 그녀도 이제는 웃지 않는 얼굴로 내게 말했다.

"약속? 그건 너 혼자 한 거지, 내가 굳이 약속까지 해 달라 했어?"

"버섯 구하겠다며 나가 놓고 한참 안 들어오다가 겨우 들어와서는 갑자기 집에 가라니, 이게 뭐 하는 거야? 너 이상해졌어."

"이상하다고? 이상한 건 너야. 정신병원에서 도망쳐 나온 애 찾겠다고 온몸 다치고 머리까지 다친 거 아니야?"

"무슨 말이야 그게? 난 네가 태풍 때문에 무슨 일 생길까 봐 생고생 다 해가면서 그 짓 했던 건데, 내가 이상한 거라고?"

"누가 찾아 달래? 괜한 오지랖 좀 부리지 마."

"그래, 내 잘못이네. 학교 옥상에서 들렸던 목소리가 환청이었다 쳐도, 비 맞으면서 횡단보도에 서 있던 너를 맨정신으로 생각해서 걱정했던 내가 멀쩡한 게 아니었던 거지."

우리는 위험한 고속도로 위에 올라섰다. 멈출 수도, 배려할 수도 없는 고속도로처럼 그저 엑셀만 밟아댔다.

"정신병원에서 도망친 애 숨겨주고 피해 다니고, 같이 밤도 지새우고, 괜히 걱정만 했어. 시간 아까운 줄도 모르고."

행복했던 시간들은 장작이 되어 불같이 쏟아붙인 대화 몇 마디에 활활 타올랐고, 하연이의 마지막 말은 한순간에 어두운 재로 남았다.

"애초에 너를 만나면 안 됐어…."

자신 없는 목소리로 정리된 관계는 건물에 버려두고 산을 내려간다. 붉었던 노을은 어느덧 지평선 아래로 사라졌고, 온종일 울어댔던 새들은 일제히 고요했다. 묵묵히 걸었다. 나란히 앉아 있던 자리와 버섯을 먹겠다며 만들었던 간이화로, 숨바꼭질하면서 숨었던 커다란 나무까지 전부 지나쳤다.

'지나쳤다. 지나쳤던 것이다. 왜 마음에 없는 말로 하연이를 아프게 만들었을까.'

그 말들이 진심이 아니었던 것처럼, 하연이 역시 그러지 않았을 거라 생각했다. 생각에 잠긴 내 걸음은 멈추지 않았으나, 목적지는 집이 아닌 하연이가 있을 폐건물로 향했다.

"왜 아직도 여기 있어?"

건물 안으로 들어오니, 같은 자리에서 쭈그리고 앉아 울고 있는 하연이를 마주했다.

"왜 왔어, 여기…."

훌쩍이며 대답하는 하연이를 내가 알고 있는 세상의 말로 달래주기란 어려웠지만, 할 수 있는 한 최선을 다해 웃게 해주고 싶었다.

"3층에 가방 두고 왔어, 가방 안에 교과서도 들어 있어서."

나름 재치 있게 둘러댔던 말인데, 하연이는 들으라는 식으로 일부러 목청을 키워 울었다.

"미안해, 미안. 울지 마 내가 미안해."

"얼른 찾아 가."

먼저 사과를 들었던 것이 만족스러웠던지, 하연이는 눈물을 뚝 그치고 대답했다. 본래 내가 다시 돌아온 목적은 가방이 아니었기에 계단을 올라갈 필요는 없었다.

"아까 한 말들, 다 진심 아니었어."

"거짓말."

"그래, 거짓말이었어."

"아니, 그거 말고 지금이 거짓말이잖아."

하연이의 엉뚱한 맥락 파악에 어이없는 웃음이 터져 나왔다.

"아까 한 말이 진심이 아니었어, 너도 그렇잖아?"

나를 쳐다보지 않은 하연이와 눈을 마주치기 위해 고개를 숙였지만, 크게 웃었던 탓에 더 토라져 버린 하연이는 나를 피했다.

"나머진 다 거짓인데, 마지막 말은 진심이었어."

하연이가 내 두 눈을 바라보며 말했다. 가장 거짓 같았던 말이 진심이었다는 것에 부가 설명이 필요했기에 하연에게 재차 물었다.

"왜 날 만나면 안 됐다고 생각한 건데?"

"나랑 있으면 다치는 건 너야. 마음도 몸도 전부."

하연이는 고개를 숙여 나와 마주하던 시선을 피했다. 그래서 나는 알 수 있었다. 처음 같이 있던 슬라임카페에서부터 골목, 샌드위치, 공원, 우리가 함께 했던 시간들이 결코 '거짓말'이라는 한마디로 무마되지 않는다는 것을. 하연이의 여린 어깨를 붙잡고 말했다.

"아니잖아—진심."

하연이의 흔들리는 눈동자를 보았지만, 대답은 들을 수 없었기에 숨겨놓았던 장면에 대해 조심스레 말을 꺼냈다.

"들었어. 아까 너 나갔을 때 누구랑 얘기하고 있던 거."

하연이는 커다란 눈으로 나를 쳐다보았다. 말 한마디 없었지만, 표정에서 놀란 기류를 느낄 수 있었다.

"미안해, 들으려고 들은 건 아닌데 소리가 너무 커서 3층까지 다 들리더라."

"… 혹시 봤어?"

말라 있던 입술을 떼고 하연이가 물었다.

"보이진 않았어, 근데 너 말고도 다른 사람이 있었다는 건 알아."

하연이는 대답을 망설였다.

"무슨 일 생긴 거지? 말하기 곤란하면 안 해도 돼."

고민하던 하연이는 무언의 한숨을 내쉬고는 말했다.

"그런 게 아니야."

하연이는 미간을 찌푸리며 옆에 놓인 의자에 나를 앉히더니, 쭈그려 앉아 눈높이를 맞추었다.

"지금부터 내가 하는 말 잘 들어야 해, 거짓말 그런 거 없이 사실만 말할 거야."

하연이는 매우 진지했다. 여태 다양한 표정을 보였고, 그중에는 진지했던 순간도 있었지만, 지금의 얼굴에는 결심이 곁들여 있었다.

"내가 처음 기억하는 건 우리 엄마의 장례식 날이야. 그때 나는 13살이었어. 우리 집은 되게 화목한 가정이었거든. 외동딸이라 사랑도 많이 받고, 주변에서도 예뻐해 주는 행복한 일상이었어.

그러던 어느 날 학교에 있는데 아빠가 교통사고를 당했다는 거야. 저녁부터 이른 아침까지 공장일을 하시다가, 다음 해에 중학생이 되는 나를 위해 낮에는 배달일도 하다 보니 결국 무리하신 거지.

급히 조퇴하고 병원에 찾아갔을 때는 이미 아빠의 한 쪽 다리가 없어진 상태였어.

그렇지만 우리 부모님은 나를 지키기 위해 희망을 잃지 않으셨어. 아빠는 사고로 생긴 후유증 때문에 원래 일은 못 하게 됐지만 재활하며 인형 코를 붙이는 일을 시작하셨고, 엄마도 콜센터 상담 회사에 들어가셨거든.

그리고 내가 중학교에 입학하기 전 겨울이야. 엄마가 갑자기 돌아가셨어. 회사 안에서 왕따를 당하셨나 봐. 유일하게 의지하던 동료는 뒤에서 아빠 사고가 엄마 탓이라며 떠들고 다녔고.

엄마가 떠나고부터는 사고가 나도 늘 웃었던 아빠도 초췌해졌어. 물도 안 마시고, 눈비 맞아가며 목발 하나 짚은 채 콜센터 회사 앞에서 1인

시위를 하셨지. 그러다 보험금 여러 개를 가입하고 떠났어. 우리 엄마를 죽게 만든 사람은 사정 다 알면서도 모른 척 당당했는데, 울면서 살려내라고 말해봐도 나를 밀쳐내더라.

그 뒤로는 외할머니한테 맡겨졌지만, 계속 반항만 했어.

기대하던 중학교는커녕 매일 집에 틀어박혀서 흉터 만들고, 소리 지르다 보니까 할머니 연세에 나를 감당하기 힘들었던 거야. 그 뒤로 나는 정신병원에 들어갔어, 충격으로 발달장애라는 희귀병도 생겼고. 할머니는 그런 내가 안쓰러웠나 봐. 아빠 목숨값으로 비싼 병원에 입원시켜줬거든.

근데 내가 어떻게 마음 편히 있어? 죄책감 때문에 병원 밥도 안 넘어가더라. 그래서 한 거야, 탈출을. 당직자가 졸고 있는 새벽에 나가고, 꾹 눌러쓴 모자에 사복으로 갈아입은 다음 가족인 척도 해봤지. 나올 때마다 죽으려 마음먹었는데, 사람이 참 간사한 게 막상 죽으려 하니 또 겁이 나더라.

그래서 우리 엄마가 대단한 것 같아. 죽을 용기로 살아가라고들 말하는데, 사는 것보다 죽으려 할 때 더 큰 용기가 필요한 거였어. 나는 도저히 무서워서 못 한 걸, 우리 엄마는 어린 딸 두고 큰 용기 냈던 거지.

병실로 돌아오면 붉은 하늘에 뜬 달을 보면서 기도했어. 제발 자다가 편하게 죽게 해 달라고.

그러고선 침대에 누웠는데, 처음 보는 여자애가 내 뒤에 서 있는 거야. 병원에 입원한 지 반년은 지났던 때라 병원 사람들은 대부분 알고 있었으니까, 드디어 기도대로 죽었구나 싶었지. 그런데 애가 이상한 말을 하더라.

'엄마, 아빠가 보고 싶지 않아? 소원을 이루어 줄게.' 정신이 이상한 애처럼 보여서 곧바로 침대 옆에 긴급 호출 버튼을 눌렀어. 로비에서 간호사들은 달려오고, 나는 졸고 있을 시간에 외부인 출입 좀 잘 통제하시라고 말했지.

하지만 간호사들이 혀를 차면서 나가는 거야. 별다른 소리는 안 했는데 정신병원에서는 자주 있는 일처럼 내 문제로 넘겼어.

그리고 뒤를 돌아보는데 그 애가 없던 거야. 침대 밑까지 뒤져봤는데도 감쪽같이 사라져 버렸고, 졸지에 나는 민폐 환자가 돼 버렸어. 그때는 나도 내가 미쳐서 헛것을 본 거라 생각했지.

근데 그날 정말 꿈을 꾼 거야. 웃고 있는 엄마랑 두 다리 멀쩡한 아빠가 나와서 못다 한 얘기들도 하고, 오래간만에 엄마가 차려준 밥도 먹고.

간호사 언니가 나를 깨우면서 일어났는데, 눈 뜨니까 모든 게 허탈하더라. 영영 그 꿈에서 깨고 싶지 않았거든, 더 이상 방황할 힘조차 없었어. 아침 식사부터 저녁까지 전부 거르면서 자율 소등 시간이 되면 곧장 누웠는데 며칠이 지나도 부모님은 나오시지를 않더라. 꿈을 꾸었던 그 때랑 비슷한 상황이면 가능할까 싶어서 장맛비 내리는 창밖에 기도도 드리고 빈틈없이 커튼도 쳐봤는데 달라진 건 없는 거야.

몸도 마음도 지쳐버린 탓에 마지막으로 시도하려던 날, 기도를 드리려 일어났는데 등 뒤로 그 애가 나왔어. 저번에는 역광이라 제대로 보지 못했던 그 애 얼굴이 앞에 있는데, 거울처럼 나랑 너무 닮아 있더라. 머리 스타일부터 나이대까지 다 똑같았는데, 한 가지 다른 점이 있다면 나는 환자복이고 그 애는 빨간 편에, 하얀 드레스를 입고 있었어.

귀신이라 생각하기엔 사람 온도가 느껴지고, 사람이라 생각하기엔 그 애는 잠시 머물다가 사라졌어. 대화 도중에도 문은 닫혀 있었는데 사라졌으니까 귀신이 맞겠지.

늘 하는 얘기는 같았어. 서로를 돕자고. 그때마다 정신 차리려 했지만 누가 정신병 환자 얘기를 들어주겠어. 어쩔 수 없이 그 애 약속을 들어주게 됐어. 어려운 건 없었지만 특이한 게 자기의 고향 집을 지켜달라는 거야. 대가는 우리 부모님을 만나게 해준다는 거고.

처음엔 믿지 않았지만, 그 애가 찾아오는 날이면 어김없이 부모님 꿈을 꾸었어. 꿈에서는 오순도순 앉아 이런저런 얘기부터 살아가는 얘기까지 하면서. 그러다 보니까 어느덧 나는 그 애가 찾아오지 않으면 못 자는 지경까지 이르게 됐어. 오히려 내가 먼저 그 애를 찾았지.

약속대로 나는 외출이 가능했던 주말에 광연루를 찾아갔어. 산에 있다는 건 알았지만, 정작 산 입구에 들어서니까 너무 높아 보이더라. 나뭇가지를 지팡이 삼아 짚고 계속 오르다 보니까 6시간이 걸려서야 도착했는데, 그때 광연루를 멍하니 바라봤던 것 같아. 둘러싼 화원 안에 우뚝 솟은 건물 한 채가 웅장했거든.

이후로는 일주일에 네 번 이상을 갔어, 평일까지도 몰래 빠져나오면서 말이야. 날이 저물 때면 그 애는 나를 찾아와 고마워했는데 나도 부모님 꿈을 꿀 수 있음에 기뻤지.

그날도 엄마 무릎에 베고 얘기를 나누고 있는데 문득 한 가지 의문이

들었어. 부모님은 아직도 나를 열세 살로 보면서, 이곳이 현실이라 생각하는데 내가 꿈을 못 나오는 날에는 내가 어떻게 되는 건가 궁금해졌어.

그래서 엄마한테 말한 거야. '어제 우리가 뭐했더라?' 그러니까 옆에 앉아 계시던 아빠가 호탕하게 웃으며 말씀하시더라, 글쎄, 내가 요즘 운동을 하는데 자기 앞에서 팔굽혀펴기를 보여줬다고. 근데 나는 전날 꿈을 못 꾸었어, 눈치채시기 전에 급하게 말을 돌리고 넘어갔지.

아침 식사 때문에 간호사 언니가 나를 깨웠고, 점심 식사까지 마치고 나서 생긴 긴 틈 동안에 광연루에 갔다 왔어. 밤이 되고 병실에 들어가니까 그 애가 침대에 앉아 있길래, 바로 물어봤지, 일부러 내 모습을 하고 있던 거냐고. 아무래도 내가 꿈속에 나오지 않은 날이면 그 애가 나로 연기하는 것 같았거든. 그래야만 내 모습을 하고 있는 게 납득이 됐고.

그리고 내 생각이 맞았어. 잘 지내던 딸이 며칠을 외박하면 걱정하실 거라고 말하는데 찝찝했지만 틀린 말은 아니잖아. 꿈에서 깨어나면 헷갈리지 않게 우리는 그날 있던 일들을 알려주면서 약속을 지켰어.

고맙더라. 내 생각을 이렇게까지 해주는 존재는 처음이었으니까.

결식하던 날이 많았는데, 산에 오르기 위해서 삼시 세끼 잘 챙겨 먹고, 병원에 마련된 러닝머신도 타면서 체력도 늘려 갔어. 그래 그게 문제였던 거야, 나를 찾아온 그 애로부터 키가 자란 것 같다는 얘기를 들었거든. 호전되는 게 마냥 좋은 일은 아니야. 현실에 있었던 고통을 또다시 겪고 싶지 않았어.

내가 중학생이 되면 부모님의 시간도 흘러가는 거잖아. 나는 울고 짖으며 다리를 주먹으로 내려쳤어. 더 이상 자라지 말라고, 크고 싶지 않다고. 그렇게 나를 탓하고 있는데 내가 유일하게 의지하는 그 애가 나타났어. 나는 울면서 다 털어놨고, 다음 날 찾아온 그 애는 성장을 멈추는 방법을 알려줬어.

사람이 다니지 않은 새벽, 나는 이불 속에서 내 왼쪽 다리를 움켜쥐고 있는 힘껏 비틀었지. 처음엔 겁났지만 고통을 느낄 때마다 그 애의 다정한 목소리가 맴도는 거야. '더 조금만, 더 참으면 돼. 그럼 행복할 수 있어.' 근데 아무리 힘을 써도 생각대로는 되지 않더라고.

혼자만의 싸움을 하던 도중에 확실히 끝내기 위해서, 펴지지 않는 다리로 기어갔어. 그리고는 이를 악물고 침대 프레임에 박았지. 나름대로 노력한다고 했는데, 문틈으로 신음소리가 새어 나갔나 봐. 순찰 중이던 당직 간호사가 들어오고, 나도 급해져서 머리맡에 놓인 화분으로 다리를 찍고 말았어. 그러고 나서야 모든 걸 멈출 수 있었지.

한동안 엄격해진 관리 속에서 지내게 됐지만 행복했어.

몇 년이 흐르고 열일곱이 된 올해부터야, 갑자기 병원 관리인들이 모두 바뀌었어. 명단에 간호사는 물론이고 부원장님까지 전부. 바뀐 담당 주치의 선생님은 과거 소견서들을 모두 읽어봤는지 나랑 상담도 하기 전에 이미 고위험성 환자로 분류해 버리고, 몇 달간의 외박 일정도 취소시키더라.

하지만 내가 병원 짬밥이 몇 년인데 그런 건 전혀 문제가 되지 않았어. 면회 오신 할머니를 통해서 기분 전환용 모자를 받고, 다음 날 아무 일 없는 것처럼 아침 식사를 가져온 간호사와 인사를 나눈 뒤에 나가는 틈을 타서 숨겨 놨던 모자와 겉옷을 걸쳤지.

전날 미리 안에서 열리지 않는 창문을 손봐 놓은 덕분에 뻔뻔하게 출구 쪽으로 나갈 수 있었는데, 마침 관리인 아저씨도 자리를 비워서 내 계획은 순조로웠어, 근데 CCTV만큼은 쉬지를 않나 봐. 환자 면회 시간도, 직원 식사 시간도 아닌데 혼자 걸어 나가는 사람이 이상했는지 저 멀리서 간호사들은 쫓아왔고, 나는 도망갔어.

그러다 남자 간호사한테 옷자락이 잡히고 만 거야. 이대로 잡혀 들어가기에는 난 길었던 탈출 커리어를 끝낼 수 없었어. 더군다나 5분도 채 지나지 않아 역대 최단 시간이었거든. 나는 기지를 발휘했지. 잡힌 겉옷을 벗어버리고 모자도 던졌어. 생각보다 더 빨리 쫓아오길래 골목길로 들어갔고, 그때 담벼락이 눈에 들어왔지.

작은 체구인 나 정도만 들어갈 수 있을 개구멍으로 몸을 집어넣은 후에야 겨우 달아날 수 있었는데, 핸드폰이 사라진 거야.

생각해 보니 아까 벗어 던진 겉옷 안에 물건들을 넣어둔 게 떠올랐어. 그래서 그때 동전 주머니만 갖고 있던 거야."

"동전 주머니는 겉옷에 안 넣고 왜 갖고 있던 거야?"
"동전 부딪히는 소리 때문에. 바지 주머니에 넣고, 조심히 걸으면 괜찮거든."
"아…."

"내가 서 있던 골목에서 광연루에 가려면 맞은편 큰 도로를 건너야 했어. 그런데 그렇게 간다면 자수하는 꼴이 되니, 시간이 더 걸리더라도 길을 뺑 돌아갔지.

낯선 골목 어귀를 벗어나니 어느 동네에 도착했는데, 유명한 프랜차이즈부터 예쁜 카페도 여러 군데 있어서 나는 쉴 틈 없이 주변을 구경할 수 있었어. 마침 시간도 넉넉했고, 거리도 벌릴 겸 가고 싶었던 슬라임 카페에 들어갔어. 다행히 시계가 있길래 딱 1시간만 하고 나오려 했는데, 슬라임이 생각보다 더 재미있더라. 미끈거리면서 부드러운 촉감은 난생처음이었거든.

별 스티커로 얼굴도 만들고, 탱탱볼처럼 이리저리 던져도 보고, 시간 가는 줄 모르고 놀다가 1시간이 지났으니—아쉽지만 그만 일어났어.

그리고 나가기 전에 잠시 화장실에 다녀왔는데, 내 자리 앞에 사람이 앉아 있었어. 순간 간호사가 찾아왔나 착각 했지만 금방 접었지, 그 사람은 교복을 입고 있었거든. 평일 오전에 학교가 아닌 이곳에 있는 걸 보니 동질감이 생겨 먼저 말을 걸었어. 대화를 하다 보니 생각보다 귀엽기도 하고, 뻣뻣한 게 재밌기도 했어. 그다음부터는 같이 밥도 먹고, 정말 오랜만에 사슴도 구경할 수 있었어. 하지만 그 애와의 약속도 어기면 안 됐기에 새로 사귄 친구를 데리고 광연루에 간 거야."

"그 친구가 나구나."

"맞아. 그리고 하루 종일 긴장했던 탓인지 익숙한 장소에 오니까 깜빡 잠이 들었어. 노을이 뜰 때쯤 눈을 뜨니 너도 곤히 자고 있었고.

슬슬 가야 하니 잠 좀 깨려고 잠시 나왔는데, 그 애가 마침 광연루에 찾아온 거야. 나는 신나서 너랑 있었던 일을 다 얘기해줬지. 그런데 그 애는 웃어주지도, 맞장구도 치지 않았어. 기분이 안 좋다는 걸 결정적으로 알게 된 건, 너를 데리고 광연루에 찾아왔고 아직 안에서 네가 자고 있다는 얘기를 했을 때야. 그 애가 인상까지 찌푸렸거든.

큰일인 거냐고 물으니 그 애가 대답하더라, 우리 아빠가 아프다고. 얘기를 듣자마자 곧바로 병원에 가야만 했어. 아빠 상태를 확인하기 위해서라도 당장 돌아가 꿈을 꿔야만 했으니까.

정신없이 뛰어가면서도 악몽 같던 과거가 떠오르는데, 또 혼자가 될까 무서워지더라. 지옥 같은 현실을 버텨낼 수 있었던 유일한 도피처가 꿈이니까.

식은땀 가득 흘린 채 병원에 도착했는데, 잘 수가 없었어. 천국으로 가기 위해선 지옥을 지나야 했거든. 간호사들이 양쪽에서 나를 잡고 억지로 끌고 가더니 폐쇄병동에 가뒀는데, 달빛은커녕 창문 하나 없는 좁은 독방에 개미조차 들어올 수 없었지.

그래서 부모님도, 그 애도 볼 수 없었어. 할머니는 의문도 모른 채 탈출에 가담했던 거라 이번만큼은 도움도 받을 수 없었고, 도저히 할 수 있는 게 없어서 그저 병원에서 하라는 대로 따랐어.

약을 먹고 꿈 없는 잠을 청하며, 그렇게 며칠이 지나서야 겨우 현실을 파악할 만큼 진정됐던 거야. 네 생각이 났으니까. 날 따라 낯선 곳까지 도망쳐 줬는데, 졸지에 배신한 것 같아 미안했어.

길지는 않았지만 지옥 같은 현실을 잠시나마 꿈처럼 느끼게 해준 네가 나야말로 많이 보고 싶더라.

일주일이 지나고 원래 지내던 병실로 돌아왔어. 폐쇄병동은 응급 시

최대 일주일까지 갇힐 수 있었거든. 문을 열어주던 와중에도 간호사들 표정은 싸늘했는데, 그렇게 돌아와서도 온종일 문을 개방시켜 놓더라. 이것도 양반인 게, 처음에는 CCTV를 달겠다고 했는데 사춘기라는 핑계로 겨우 타협 본 거야.

나는 언제라도 그 애가 찾아올 수 있게 커튼을 활짝 열고 기다렸는데, 그 애는 나를 찾아오지 않았어. 24시간 문이 열려 있는 게 문제였나 봐. 나 외에 다른 사람들한테는 정체가 들켜 본 적 없었으니까. 먼저 약속을 어긴 건 나였고, 약속을 지킬 필요가 없어진 그 애였어.

그런데 어쩐 일인지 그날 밤 꿈을 꾸게 된 거야. 걱정하며 찾아간 아빠는 오히려 나를 걱정하시고, 며칠을 외박한 거냐고 꾸중하셨는데, 말하는 아빠를 보니 양쪽 다리는 멀쩡하더라. 아픈 건 괜찮은지 여쭤보니 몸살감기라 다 나았다며, 말 돌리지 말라 하셨어. 그때 내가 그 애한테 자세히 묻지도 않고, 아픈 걸 교통사고로 착각했던 거지. 멀쩡한 부모님을 확인하고 나니까 현실에서도 안정이 됐어. 눈을 뜨고도 행복하고 싶었는지 하루에도 수십 번 네 생각이 나더라.

주말이 되고 면회 온 할머니한테 좋은 이야기를 듣게 됐어. 머뭇거리다 말씀하시길, 올해부터 오른 병원비 때문에 병원을 옮겨야 할 것 같다고. 할머니 걱정엔 돈도 있었겠지만, 며칠 전 사건 때문에 내 걱정이 크셨을 거야. 그래서 말 잘 듣고 공부도 해 보겠다고 할머니 손을 맞잡고 얘기했어.

퇴원하는 날, 지겨웠던 병원과 인사하고 할머니와 모처럼 데이트도 다녔어. 돈까스도 먹고 산책도 하고 그러다 옷 매장 쇼윈도에 걸려 있는 하얀 원피스가 눈에 들어왔지. 집 주변 병원들 중엔 빈 병실이 없어서 며칠은 사회에서 지내야 했는데, 병원복만 몇 년째 입다 보니 사복이 몇 벌 필요했거든. 그래서 매장에 들어가서 관심 없는 옷들을 뒤적이다 눈여겨봤던 하얀 원피스 앞에 섰어.

가까이서 보니 그 애가 입고 있던 드레스랑 비슷해서, 요 며칠 찾아오지 않은 그 애가 떠오르더라. 옷까지 사고 나니 할머니랑 같이 집으로 돌아올 수 있었어.

집은 모든 게 그대로였지. 아빠가 자주 앉던 의자와 주방에 걸려 있는 엄마의 앞치마까지도. 최근까지도 꿈속에서 지냈던 집이라 익숙할 줄 알았는데 현실은 다르더라. 달라진 건 꿈과 현실의 차이뿐인데 우리 집 같지가 않게 낯설었어.

며칠은 할머니 감시로부터 자유로울 수 없었기에, 공부하는 척하고 밥도 싹 비우면서 잘 지내려 노력했지. 하지만 왠지 모를 괴리감은 그 애를 찾게 만들었어. 할머니가 안방에 계실 때면 조용히 창문을 열고 그 애를 불렀고, 이틀 치 수면제를 먹었는데도 꿈으로는 못 돌아갔어.

할머니가 장 보러 나가신 틈을 타 광연루를 찾아가니 다음 날 그 애가 나타난 거야. 조금만 시간을 달라고 빌어도 내 사정을 안 들어주는데, 할머니는 장 보러 나가는 것 말고는 외출을 일절 안 하셔서 나는 광연루를 찾아올 수 없었어. 꿈을 꿀 일도 없게 된 거지.

돌아와서 할머니랑 TV를 보는데, 어마무시한 태풍이 온다고 해. 창문이 깨지진 않을까 걱정하는 할머니와는 달리 나는 다른 걱정을 했어. 혹시 광연루에 문제가 생기면 두 번 다시는 꿈을 못 꾸는 건 아닐까 하는. 도저히 할머니 눈을 피할 방법이 떠오르지 않았는데, 하필 태풍이 예상

보다 일찍 북상한대.

 그러면 안 됐지만 너무 다급했던 터라 처방 받은 수면제 하루치를 잘게 부숴서 저녁 식사 전에 할머니 물잔에 몰래 탔어. 내가 나올 때는 이미 비는 그쳐 있었고, 광연루는 다행히 멀쩡했어. 안까지 확인하려 올라오니 네가 소파에 잠들어 있던 거야."

 지금에 이르기까지, 나로서는 감히 감당도 못 할 수많은 일들에 상처 받고도 무너지지 않은 채 묵묵히 자기 몫을 해온 하연이가 대단해 보였다. 한편으론, 그 무거운 짐들을 혼자서 싸그리 짊어지고 있던 하연이를 지켜주고 싶다는 생각이 들었기에, 나는 내가 표현할 수 있는 최고의 진심을 꺼내어 전했다.

 "고마워, 살아 있어 줘서."
 울어야 할 사람은 내가 아닌데, 정작 덤덤한 하연이 앞에서 내 목소리는 떨려왔다. 마음을 다잡고 이제는 하연이를 위해 내가 할 수 있는 일을 하려 한다.
 "이제 어떻게 할 거야?"
 "모르겠어. 오해를 풀기 위해서 그 애랑 다시 만나는 게 우선인 것 같아."
 "아까 그 애 만나서 어떤 얘기 했는지 기억나? 얼핏 들은 걸로는 뭐가 똑같다고 말하던데."
 "맞아, 자기랑 나랑 똑같다 했어."
 "얼굴이나 목소리라면 너도 이미 알고 있던 거 아니야?"
 "글쎄, 그런 말인 걸까?"

"또 어떤 말 했어?"

"너 때문에 내가 피 본다는데 그건….'

"나 때문에 네가 피를 본다고?"

"응, 그리고 다른 사람은 믿지 말라더라. 다치고 싶지 않으면."

"자기 필요할 때만 네 앞에 나타나더니, 이제 와서 뭘 도와준다는 거야?"

하연이를 도구처럼 이용하는 그 애가 거슬렸다. 그러나 그 애를 굳게 믿는 하연이 앞에서 차마 그 말은 할 수 없었고, 머릿속에는 이상한 기억이 스쳐 지나갔다.

"어젯밤 건물에 왔을 때, 이미 내가 너보다 먼저 도착했던 거였지?"

"응, 맞아."

"그럼 당연히 네가 날 구한 건 아닐 텐데."

"그렇긴 한데, 왜 그래?"

"그 애가 나에 대해 얘기한 건 더 없었어?"

"그 뒤로는 가야 할 시간이라면서 곧 사라졌어."

"이상한데."

"뭐가?"

"날 구해준 게 네가 아니잖아. 그리고 그 애는 건물에 다른 사람은 들이지 말라고 너한테 이미 말했었고."

"맞아, 그래서 너한테 가라 한 거였어."

"이 건물 알고 있는 사람, 너랑 나, 그리고 그 애 말고 더 있어?"

"없을 거야. 알고 있다 해도 이미 오래전에 죽은 사람들이고."

"그 애, 나도 만나야겠어. 밤에만 나타난다 했지? 그럼 8시에 여기서 보자. 너도 할머니 깨시기 전에 가야 하잖아."

"알았어. 근데 괜찮겠어?"
"응, 난 네 편이니까."

새벽이 되었다. 나와 눈을 마주하는 노란빛의 보름달은 무드등처럼 더욱 가까이서 빛을 발했다. 도시 속 흔한 소음은 바깥과 완전히 차단된 폐건물과 대조적이다. 하연이와 보낸 어젯밤, 나는 벌레 울음소리와 바람에 스치는 풀소리로 쿵쾅거리던 심장 박동을 감출 수 있었다. 소파 등받이에 얼굴을 파묻고, 혹여 하연이가 깰세라 작은 움직임에도 숨을 죽였던 긴 새벽은 얼른 지나가기를 바라면서도 1분 1초가 소중했다.

사람은 변하지 않는다고 믿었다. 그렇기에 갑작스러운 상황이 만들어 낸 감정은 예상 밖의 일이다. 만약 어제 소파에 누워 잠든 하연이를 두고 집으로 갔다면, 하연이도 그때의 나처럼 당황스러워했을까? 하연이라면 혼자가 돼버린 상황에 나를 이해해 주었을 것이다.

여러 생각이 겹쳐 머릿속을 파고든다. 누군가 잔잔한 호수에 돌을 던지면 파문이 일 듯, 내 마음도 흔들렸다. 예전 같으면 남 때문에 깨진 평화를 조건반사적으로 싫어했겠지만, 지금의 나는 파문이 잠잠해질 때까지 기다릴 수 있다. 어쩌면 반복되는 일상 속에 변화를 바라는지도 모른다.

단순한 신선놀음이나 도파민 같은 인위적인 자극을 원하는 게 아닌, 운명처럼 다가올 미래에 대한 선택이다. 사람은 변하지 않는가? 이제는 완전히 변한 나이기에 말할 수 있다. 사람은 달라질 수 있다. 어젯밤만큼은 아니지만, 꽤나 두근거리는 심장 박동이 자장가 삼으니 눈이 감겨온다.

오페라의 가면

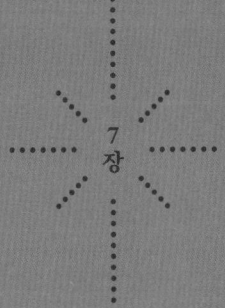

7장

오페라의 가면
EP. 1

"깼어?"

작게 소근거리는 목소리에 눈을 떠보니 내 앞에는 언제나처럼 그녀가 서 있었다. 지금 내가 어디에 있는지는 잘 알고 있기에 굳이 주위를 둘러보지 않았다. 언제 기절한 건지 모르겠지만, 눈을 떴을 때는 집으로 돌아와 있길 바랐으나, 그건 헛된 꿈이 되었다. 그녀는 걱정 어린 눈으로 나를 쳐다보고 있지만, 그녀가 무섭기만 했다.

찌뿌둥한 팔을 돌려 굳어 있던 몸을 풀어본다. 그녀를 제쳐두고 건물 밖으로 나오니, 어제와 같은 하늘이 나를 맞이하고 있다. 날아다니는 나비와 바람에 휘날리는 잔디 풀, 눈에 보이는 모든 것을 부수고 싶다. 그럴 수만 있다면 그녀로부터 독립이 가능하지 않을까?

그녀 모를 계획을 짜기 위해 건물 근처를 돌아본다. 멀리 간다 한들 어차피 그녀 손바닥 안이기에 주변을 맴도는 것이 최선이었다. 고슴도치는 몸이 작더라도 날카로운 가시를 내세워 자기를 쥐고 있던 적의 손을 피게 만드는데, 나라고 못 할 게 있겠는가.

그러나 당장 실행에 옮기기에는 그녀도 지금 눈을 뜨고 있다는 게 문제였다. 그래서 내일 새벽에서 아침으로 넘어가는 이른 시간대에 움직이기로 결정했다. 완벽한 계획을 세운 뒤 건물에 들어오니, 그녀는 여전히 3층에 머물고 있었다.

"내려와, 꽃밭에 물 주러 갈 시간이야."

굳이 올라갈 필요 없이 큰 소리를 내자, 그녀가 건물을 무너뜨릴 기세로 1층까지 헐레벌떡 내려왔다. 최대한 그녀의 비위를 맞춰야 한다. 꽃밭에 물을 주러 가면서도 행복한 척을 하고, 하늘에 떠 있는 구름을 가리키며 장난도 치고, 아무 일 없는 척 뻔뻔하게 행동했다.

"숨바꼭질하자. 네가 술래야."

오전 일과를 마치고 내 뒤에 따라오는 그녀에게 말했다.

"엥? 갑자기?"

차례를 주고받다가 내가 마지막으로 술래가 됐고, 건물 뒤로 가니 웅크린 채 숨어 있는 그녀를 쉽게 발견할 수 있었다. 그리 멀지 않은 위치에서 바라보는 그녀의 모습은 내게 쫓기고 있는 상황이 떨리는 건지, 심장에 손을 갖다 댄 채로 잡히기만을 기다렸다.

하지만 나는 그녀를 잡지 않았다. 나는 내일 있을 게임에서 그녀를 이길 테니까. 계획을 떠올리니 저절로 입가에 웃음이 번졌다, 그녀는 내 손바닥 안에 있다.
"못 찾겠다 꾀꼬리."

승패가 중요하지 않은 지금의 숨바꼭질에서 내가 이기는 건 의미가 없었기에, 그녀를 모른 척하며 큰 목소리를 허공에다 외쳤다. 잠시 뒤 놀이에서 이긴 그녀는 얄미운 표정으로 승리를 즐기다가, 이내 잔디밭에 대자로 뻗어 누웠다. 나는 계획을 이루기 위해 잠시 그녀를 두고 자리에서 일어났다.
"어디 가?"
"밥 먹을 시간이야, 먹을 것 좀 가져올게. 너는 좀 쉬고 있어."
내 양손에 사과와 고구마를 각각 열 개씩, 또 버섯을 양동이에 가득 담아서 그녀 앞으로 가져갔다.
"왜 이렇게 많이 가져왔어?"
그녀의 마지막 만찬이 될 것이기에, 평소 먹는 한 끼 식사량보다 더 많이 챙긴 탓에 그녀는 적잖이 놀란 듯하다.
"내가 늦게 일어나서 아침 못 먹었잖아. 지금 밥 먹으면 저녁 먹기도 애매하니까 지금 많이 먹어야지."
그녀는 양동이에 음식들을 꺼내며 나지막한 목소리로 말했다.
"먹고 죽겠네…."
흠칫 놀랐다. 그러나 단순한 그녀이기에 내 계획을 전혀 눈치채지 못한 것 같았고, 역시나 내 생각에 힘을 실어 주듯이 그녀가 말을 덧붙였다.

"혹시 먹고 배 터져 죽으려고?"

"응, 먹고 죽자. 배부르면 남겨, 내일 내가 혼자 먹을게."

그녀의 걱정이 무색하게 우리는 그 많은 음식을 다 먹었다. 계획을 되새길 필요도 있고, 생각 좀 할 겸 혼자 남은 뒷정리를 한다 했지만 그녀가 의미 없는 손을 보탰다. 물론 나를 위해 하는 거겠지만 그건 전혀 나를 위한 일이 아니었다. 정리를 마친 뒤 건물 입구에서 노을을 바라보는데 그녀가 내 옆으로 다가왔다.

"뭔데~"

"뭐가?"

"오늘따라 왜 이렇게 잘해줘?"

"나 평소에도 잘해 주잖아."

"아니거든, 나한테 화내고 나가더니 금세 미안해져서 그렇지?"

"그래. 미안해서 잘해 주는 거야, 이제 자야 할 시간이네. 들어가자."

"벌써 자려고? 아직 노을도 안 떨어졌는데?"

그녀는 꽤나 투정 부렸지만 내 계획대로 잘 따라주었다. 순조로운 덕분에 나도 긴장이 많이 풀렸지만, 건물에 들어온 이후부터는 그녀가 쉽사리 잠에 들지 못하고 내게 말을 걸어왔다.

"잠이 안 와."

"눈 감고 있으면 금방 잠들 거야."

"단 한 번도 이런 적이 없는데 이상하게 오늘따라 심장이 쿵쾅거리네."

"어디 아픈 거 아니야? 체한 건가? 오늘 밥 많이 먹었잖아."

"아프진 않아. 그리고 지금 광연루 안에 있잖아."

오페라의 가면

"건물에 있는 게 왜?"

시답잖은 얘기로 계획을 방해하던 그녀는 어둠 속에 찌푸리고 있는 내 얼굴은 알아채지 못한 채 시간을 끌었다.

"아무리 무섭고 불안한 일이 있어도 광연루에 들어오면 괜찮았단 말이야. 여기에 있으면 우리 엄마 아빠 품처럼 따뜻하고 안정돼서."

"부모님의 마지막 손길이 닿아 있어서 그런가?"

"응, 그래서 지금 좀 이상해."

심장에 손을 갖다 대는 것처럼 그녀 쪽에서 부스럭대는 옷깃 소리가 들려왔다.

"물이라도 가져다줄까?"

"그럴래? 난 못 움직이겠어."

서둘러 그녀를 재우기 위해 나는 귀찮은 일까지 자처했다. 어두운 저녁, 계단을 내려가서 건물 밖으로 나와 물을 퍼다가 다시 계단에 올랐다.

"물 떠왔어, 좀 마셔."

그녀의 대답은 없었다. 잠시 내가 나갔다 온 사이에 잠이 든 것이었다.

달빛에 의지한 채, 안락의자에 누워 있는 그녀 앞에서 기도를 드렸다. 마지막 밤이 될 그녀가 부디 좋은 꿈을 꿀 수 있도록.

EP. 2

"… 엄마? 아빠!"

눈을 뜬 내 앞에 부모님이 서 계신다. 멀쩡한 모습이었다.

'보고 싶었어. 엄청 많이 보고 싶었어, 너무 힘들었단 말이야.'

엄마의 품에 안기니, 눈물이 쏟아져 나왔다.

"글쎄, 채소 가게 아줌마가 나한테 이거나 먹고 떨어지라면서 쓰레기를 던지고, 친구들은 나를 넘어뜨리고, 동네에 돌아다니면 돌멩이도 맞고, 사람들은 엄마 아빠가 빨갱이였다고 거짓말을—"

부모님을 마주하니 그동안 혼자 남겨져 겪었던 모든 일들이 한꺼번에 몰려왔고, 나는 서러움을 토해냈다. 그러나 무슨 일이 있어도 늘 웃어주셨던 부모님의 얼굴에는 먹구름이 가득했다. 엄마는 어쩔 줄 몰라 했고, 인상을 찌푸린 아빠는 내 어깨를 강하게 쥐며 말했다.

"도망가."

"왜? 아빠 두고 내가 어디를 가!"

"도망가야 해, 어서."

아빠는 '도망가'라는 말을 남기고 엄마와 함께 사라져 버렸고, 나는 또다시 혼자가 되었다. 눈물이 멎을 만큼 당황스러웠다.

두 사람을 찾기 위해 주위를 둘러보아도 있어야 할 사진기나 가구 하나 없이 공간은 텅 비어 있었다. 남겨진 건 건물을 짓고 돌아올 때마다 풍겼던 부모님의 냄새뿐이다.

서늘한 공기에 깨어났다. 눈에는 눈물이 맺혀 있었고, 간밤 꿈에서 맡았던 그리운 냄새는 더 이상 풍기지 않았다. 어제 광연루에 들어오고서 자기 직전에 갑자기 심장이 두근거렸다. 금방 멎은 덕분에 잠들 수 있었지만, 자면서도 또다시 쿵쾅거림은 반복됐다. 그러나 지금은 또 잠잠하다.

주위를 둘러보니 그 애는 온데간데없고, 물 담긴 양동이만이 자리 밑에 놓여 있다. 어제 새삼스레 내게 잘해 줬던 그 애가 떠올라 괜히 고마웠다.

'오늘은 나도 잘해 줘야지.'

해가 뜨려면 좀 더 지나야 했지만, 일찍 일어난 김에 맑은 공기 좀 쐬러 몸을 일으켰다. 겸사겸사 그 애도 찾으려 했으나 2층과 1층 광연루 어디에도 그 애는 없었다. 또 도망친 건 아닐까 하는 괜한 조바심이 들어 곧장 밖으로 나왔지만, 문 뒤에 나를 기다리고 있던 건 지옥이었다.

달빛에 의지해 걸어가며 바라보는 꽃들은 모두 모가지가 꺾인 채 죽어 있었다. 사과는 뭉개지고, 나비는 날갯짓을 멈춘 채 땅에 떨어졌다. 유독 구슬프게 우는 귀뚜라미만이 나를 달래줄 뿐이다.

그 애를 찾기 위해 산 아래로 내려갔다. 달빛을 받은 강물은 붉게 물들었는데, 그 위로는 배를 내민 물고기들이 강물을 따라 떠다녔다. 그리고 저 멀리 잠자리를 향해 돌멩이를 던지고 있는 사람이 보였고, 심장은 미친 듯이 울려댔다.

"네가 한 짓이야?"

"뭐… 뭐야 너? 왜 지금 안 자고 있는 거야?"

"왜 그런 거야?"

말을 더듬는 그 애는 내가 해야 할 표정을 짓고 있다. 지금의 짧은 정적은 그 애가 죽인 생명들로 인해 만들어진 것이다. 그리고 짧은 적막을 깨우는 둔탁한 소리가 내 귓가에서 들렸다.

"다 부숴버릴 거야. 네가 날 이렇게 만들었어."

그 애가 쓰러져 있는 내게 무릎을 굽혀 속삭였다.

"… 괜찮아, 나는."

내 말을 들은 그 애는 머리 위로 들어 올렸던 돌멩이를 내게 내려찍지 않았다. 아마도 동정심이 들었나 보다. 한참 동안 두 팔을 떨고 있는 그 애에게 부탁했다.

"되돌릴 수 있어. 지금이라도 돌아가자."

죄책감이 생긴 그 애는 갑자기 돌멩이를 내팽개치고 일어나 광연루가 있는 산 입구로 뛰었다.

나는 그 애를 말려야만 했다. 가격당한 머리를 감싸고 달려봤지만, 한시가 급한 상황에서 오른발이 저려 제대로 뛸 수 없었다. 깨금발로 절룩거리며 강가를 지나고 산을 오르고 넝쿨을 헤치면서 하늘에 기도를 드렸다.

'부디 그 애보다 먼저 도착하기를….'

그러나 지름길로 광연루에 찾아왔을 땐, 이미 현실은 참혹했다. 차가웠던 하늘이 한순간에 붉은 태양으로 뒤덮이는 것처럼.

유난히 길었던 새벽이 막바지에 접어들었다. 해가 뜨기만을 기다렸지만 졸음은 쏟아졌고, 차가운 공기를 마시고자 그녀가 깨지 않을 좁은 보폭으로 건물 밖에 나왔다. 뜬눈으로 밤을 지새운 탓일까. 풀숲에서 들리는 벌레 소리가 유난히 날카롭게 들렸고, 눈을 떴을 때 나는 무거운 돌멩이를 들고 눈에 보이는 대로 무작정 내려찍고 있었다.

오페라의 가면

괜찮다. 계획이 끝나면 고향으로 돌아가게 될 테니 이곳에서의 마지막 인사를 전한 것이다.
　더욱 핏대를 세우며 거슬리던 모든 것들을 밟고 던지고 부수며 죽였다. 거의 다 왔다. 이제 곧 끝난다. 해가 뜨기 전, 슬슬 본래 계획을 진행하려고 건물로 돌아가려 한다.

　"네가 한 짓이야?"
　동공이 흔들렸다. 있을 수 없는 일이 벌어지고 말았다. 목소리에 뒤돌아보니 그녀가 서 있었다.
　"뭐… 뭐야 너? 왜 지금 안 자고 있―"
　목소리가 떨려, 말도 제대로 할 수 없었다.
　"왜, 그런 거야."
　그러나 이 상황에 떨고 있는 나와는 달리 그녀는 놀란 기색 하나 없이 침착해 보였다. 평화를 중요시 여기던 그녀가 내가 저지른 일을 다 보고도 도망이 아닌 나를 찾아서는 먼저 말을 걸었다. 그것으로 모자라 대화를 이어가려는 모습에 내 머리카락은 쭈뼛 설 수밖에 없었다.
　팔에는 닭살이 돋아나니, 서둘러 손에 쥐고 있던 돌멩이로 그녀의 머리를 때렸다. 그리고 쓰러진 그녀에게 자세를 낮춰 말했다.
　"다 부숴버릴 거야. 네가 날 이렇게 만든 거야."
　그 순간, 그녀도 조용히 입을 열었다.
　"… 괜찮아, 나는."
　그러나 '괜찮다'고 속삭이는 그 악마의 표정을 보고, 나는 들고 있던 돌멩이를 차마 내려찍지 못했다. 슬픈 표정을 지으려는 듯 눈에는 눈물이 고였지만, 입꼬리는 기묘하게 방긋 올라가 있었고, 그 얼굴을 마주하자 공포에 사로잡혀 한동안 얼어붙듯 떨며 꼼짝할 수 없었다.

"되돌릴 수 있어, 지금이라도 돌아가자."

다시 "지옥으로 돌아가자."고 말하는 악마는 눈물을 더욱 세차게 흘렸다. 주름을 포함한 광대와 미간에 걸친 얼굴의 뼈란 뼈마다 힘을 주며 찡그렸고, 본인의 슬픈 연기를 극도로 하기 위해 경련을 더욱 짜냈다. 그러나 따로 움직이는 그 얼굴의 조합은 감히 사람의 형상이라 부를 수 없었다. 멈춰있는 심장을 부여잡은 그녀가 웃고 있다는 사실은 나만이 알아챘다.

몸에 힘이 풀린 나는 도망쳤다. 벗어나야 했다. 그녀의 돌아갈 곳이 사라지면 과연 나를 놓아줄까. 숨을 몰아쉬며 곧장 건물을 향해 뛰었다. 그러다 뒤돌아본 악마는 오직 한 발만 사용해 땅을 박차며 내게 달려들었다. 결국 그녀는 내 손바닥 위에 있던 것이다.

다행히 나는 그녀보다 먼저 건물에 도착했다. 그녀의 전부인 세상을 없애려 두꺼운 나뭇가지로 입구를 부수고, 안에 들어가 휘두르고 내던지기를 반복했다. 이미 힘은 빠질 대로 빠졌지만, 멈춰서는 안 됐다. 미친 그녀가 오고 있다는 생각을 하니 나도 미쳐갔다. 서서히 해가 떠오르는 듯이 건물은 밝아왔고, 고개를 들어 바라본 위층에서도 빛을 볼 수 있었다.

2층으로 올라가다 넘어져 발목이 꺾였지만, 계단 난간에 몸을 실어 꿋꿋이 나아갔다.

마지막 계단을 밟고 도착하려던 순간, 내 앞에 걸려 있던 거울은 나와 그녀가 나란히 담아내고 있었다. 거울 속 악마는 내 뒤에서 꺄르륵대기 시작했다.

"찾았다 꾀꼬리, 너 거기 있었구나?"

내 머리채를 잡아 거울에 박았고, 내 손 쥐고 있던 나뭇가지를 빼앗아 다리를 때리며 쉴 새 없이 악마는 움직였다. 죽어 간다, 쓰러졌지만 뭐라도 주워 보려 기어가고 있는데 귀에서 악마의 목소리가 생생했다.

"내가 괜찮다 했잖아. 꽃을 꺾든 새를 죽이든 나를 때리든 상관없었어. 근데 너는 거기서 멈췄어야만 했어."

엎드린 채 고개만 돌려 말하는 악마를 쳐다보았다. 악마는 울음 섞인 목소리로 엉망이 된 건물 내부를 둘러보며 말을 이었다.

"엄마, 아빠 고마워~ 알려줘서."

나에게서 시선을 뗀 지금이 악마를 공격할 수 있는 마지막 기회다. 내 앞에 놓였던 거울은 나랑 같은 처지인 듯 떨어졌고, 부서진 여인 모형을 팔로 밀어내니 주위에 깨진 거울 조각들이 흩어져 있었다.

젖 먹던 힘까지 짜내며 거울에 손을 뻗으니 겨우 작은 조각에 닿아 갔다.

"아까 쓰러트렸던 게 마지막 기회였어. 내가 우는 게 그렇게 슬퍼 보였나? 그때 못 죽인 게 한이 될 거야. 너만은 믿으려 했는데 결국 너도 똑같았네? 내가 말했잖아. 나 사람 안 믿—"

나는 반쯤 죽었다. 바닥에 피눈물이 고였지만, 더 이상의 감각을 느낄 수 없었기에 고통 또한 사라졌다. 변성기 안 온 목소리로 살려달라고 발음을 하고 있지만, 앞니가 죄다 빠진 채 짐승처럼 들렸다. 목에 줄이 채워진다. 계단에 끌고 올라가더니 어딘가에 나를 앉혔다. 등은 참 따뜻했지만, 건물만 바라볼 수 있던 나는 빛을 보지 못했다. 앞에서 무언가 들렸고, 나는 귀를 기울였다.

"광연루에 있으면 부모님이 나를 지켜줘, 그러니까 나도 지킬 거야. 너까지 죽일 생각은 없었어. 우리 부모님의 광연루에 살아 있는 유일한 손님이었잖아, 그런데 네가 망친 거야."

찰나, 내 두 발은 공중으로 떠올랐다. 펴지지 않던 고개가 뒤로 젖혀지며, 마침내 앞을 바라볼 수 있게 되었다. 그 순간, 복도 끝에 걸려 있던 마지막 사진이 내 눈에 들어왔다. 다행이었다. 미처 보지 못했던 첫날 이후로 사진을 까맣게 잊고 있었고, 나는 살아 있을 때 궁금했던 물음표를 풀고 간다.

흐릿한 시야에 사진 속 얼굴이 들어오기 시작했다. 바로 나였다. 일자로 떨어진다. **내가 그토록 갈망하던 건 허상에 불과했던 걸까**, 이제 나는 죽는다.

"사… ***살려줘!***"

OTRA

8장

OTRA

EP. 1

'지금 몇 시지?'

지난밤, 높은 곳에서 떨어지는 꿈을 꾸었다. 일요일이지만 습관처럼 등교 시간에 눈을 떠졌다. 어제 늦은 시간에 귀가했지만, 더불어 생각도 많아져 고작 3시간밖에 못 잤다. 그녀와의 약속은 저녁 8시였고, 그전까지 시간은 충분했지만 낮잠은 잘 수 없었다.

아침 식사는 가볍게 하기 위해 그릇에 시리얼을 붓고, 냉장고를 열었는데 우유가 가볍게 느껴진다. 설마 하는 마음에 우유를 부어봤지만 역시나 그릇의 반도 차지 않은 채, 나는 바삭한 식사를 해야 했다. 주무시는 부모님이 깨시지 않도록 조용히 현관문을 열었다. 집 밖을 나선 나는 학원가 중심부에 위치한 24시 카페로 향했고, 도착하자마자 커피 두 잔을 주문했다. 평소라면 남의 시선이 부담되어 구석에 앉았겠지만, 오늘은 창가 자리를 택했다.

—딸랑

울리는 진동벨을 들고 카운터로 걸어가는 데 입구에서 문종 소리가 들려왔다.
"에이요, 먼저 와 있었구나. 오, 내 거 커피야? 센스가 늘었네."
건휘가 내 손에 들려 있던 커피 한 잔을 챙긴 후 인사를 건넸다.

"고맙다."
자리에 앉자, 서론 없이 우리가 만난 목적을 꺼내 얘기했다.
"고마운 줄은 아나 보네? 친구니까 당연하지. 설명 한번 해 봐."
"그러니까 학원에서 수업을 듣는데 갑자기 친구가 아프다 해서…."
"친구? 웬 친구? 너한테 친구는 나밖에 없잖아. 그래서 너네 엄마도 나한테 전화한 거 아니야?"
건휘는 겉모습과 달리 생각보다 예리한 구석이 있었다.
"친구 누구? 학교 애면 내가 모를 수가 없는데."
"학교 애는 아니야."
"그럼 학원? 이라고 하기에는 학원 수업 받다가 나갔다며. 설마 너 원조교제 하냐? 그런 취향이었어? 보기보다 진짜 남자였네."
건휘는 눈을 휘둥그레 뜨고 나를 쏘아붙였다.

"그런 거 아니야, 그냥 어쩌다 알게 됐는데 이래저래 사정이 생겼어."
 연락 없이 외박을 하게 되면서 우리 엄마는 건휘에게 전화를 걸었고, 건휘는 본인 집에서 같이 시험공부를 하다가 먼저 잠들었다는 핑계를 대주었다. 그 덕분에 앞으로는 문자 한 통이라도 남기라는 말 외에는 별 잔소리 없이 넘어갈 수 있었.
 "여자야? 그럼 여자랑 외박을 한 거야? 네가 날 배신할 줄은…."
 사람을 분석할 줄 아는 내게 건휘는 악의 없는 사람이지만, 얘기가 길어질수록 피곤도 함께 쌓여만 갔다.
 "근데 건휘야, 너 오늘 보강수업 있다 하지 않았어?"
 "에이 시간 충분해, 봐봐… 아니 벌써 시간이―야야, 나 가 봐야겠다. 내일 봐."
 핸드폰을 꺼내 시간을 확인하던 건휘가 급히 뛰쳐나갔다. 테이블 위에는 건휘가 한 모금도 먹지 않고 놓고 간 커피만 덩그러니 놓였다. 더 이상 나도 카페에 있을 필요가 없어져, 그만 자리에서 일어났다.

 '한정판매, 제철 사과 스무디―'
 출입구 손잡이에 손을 올리려던 때, 문에 붙어 있던 홍보 포스터가 시야에 들어왔다.

 카페 밖을 나선 내 손에는 두 잔의 사과 스무디가 들려 있다.
 집으로 돌아오고 녹기 전에 제일 먼저 냉장고에 사과 스무디를 넣어두었다. 시험까지 단 이틀만이 남았기에 방으로 들어가려 하는데 식탁 위에 놓여 있는 지폐가 눈에 밟혔다. 그 옆에는 엄마의 손 글씨로 적힌 메모도 나란히 놓여 있었다.

'아들, 엄마 출장 가야 해서 밥을 못 했어. 돈 두고 가니깐 배달시켜 먹어.'

현금을 챙기고 열려 있는 안방 문을 닫으러 가까이 갔는데, 문 옆에 있어야 할 아빠의 골프채도 보이지 않는다. 요즘 들어 잦아진 아빠의 직장 골프 모임은 일의 연장선처럼 주말까지 이어지는데, 집에 오시는 아빠는 늘 녹초가 되어 잠만 주무셨다.

잠깐의 공부를 마친 뒤, 시간은 충분히 남아, 부족했던 잠을 채운 후 약속에 나가기로 했다. 침대에 누웠지만 쉽사리 눈은 감기지 않았다. 어제 하연이의 얘기를 듣고서 생겨난 의문 때문이다. 하연이가 말하는 그 애가 나를 구해준 이유와 자기가 나를 구해줬으면서 내쫓으려 했던 게 도저히 내 상식선에서 이해되지 않았다.

'지금 몇 시지?'

눈은 천장에 고정한 채, 침대 옆 협탁 위에 올려둔 핸드폰을 찾으려 손을 뻗었다. 감각에만 의지하여 용도를 잃은 알람 시계를 밀어내니 핸드폰을 집을 수 있었고, 전원을 키니 시간은 오후 4시임을 알려주었다.

지금 자면 제시간에 일어나지 못할 것 같아서, 후드집업만 하나 챙긴 다음 집에서 나왔다. 눕든, 공부를 하든 풀리지 않는 의문 때문에 집중 못 하는 건 매한가지라 조금은 이르지만 건물에 가려 한다.

도로를 걷고, 산을 오르고 그곳을 향해 나아가면서도 그것에 대해 계속 생각하다 보니 금방 건물에 도착할 수 있었다.

예정보다 더 이른 시간에 곧장 건물로 들어갔다. 첫날 이후 혼자 남겨진 건 오랜만이다. 들어오니 별다른 건 없었다. 똑같은 의자와 똑같은 테이블은 먼지 하나 없이 무대를 바라보고 있다. 출구에서 가장 가까운 의자에 앉아 떠올렸다. 난장판이던 그날의 건물을.

　결코 그건 내가 잠든 몇 시간 사이에 소음 없이 벌일 수 없는 일이었다. 한참의 생각을 끝내고 계단 위에 올라 2층에 들어서니 입구에 걸려 있는 거울 하나가 나를 멈춰 세운다.
　그날 봤던 남자는 내가 아니었고, 피눈물 흘리며, 들리지 않은 말로 중얼거렸다. 외동이지만 형제가 있었다면 그 남자로 오해할 만큼 우리는 닮아 있었다.
　거울을 지나 복도로 발길을 돌리니, 줄 선 조형물들이 나를 기다렸다. 어제도 봤었지만 깨진 것 하나 없이 모두 멀쩡하다. 단 한 조각상만 예외였다.

　스쳐 지나갔지만 여러 조형물들을 구경하면서도 내내 찝찝했다. 다시 돌아와 바라본 성모 마리아 석상은 첫날과 다른 모조품이다. 나의 착각일 수도 있지만 차이는 정교함에서 드러났다. 첫날에 본 석상은 실제 원형을 가져다 놓은 것처럼 줄 하나하나의 퀄리티가 섬세하고 때론 위엄도 풍겼지만, 지금의 석상은 예술을 모르는 나조차도 구별할 만큼 값싸고 엉성하다.
　모든 게 망가졌던 그날, 하연이를 찾기 위해 내려온 2층에서 나는 복도 끝에 있는 화장실도 다녀왔었다. 예민해진 감각들에 나뭇가지부터 깨진 타일까지 많은 것이 느껴졌지만, 정작 무거운 돌은 밟히지 않았다. 확실히 기억나는 건 복도 초입에 다다르면서 닿았던 감촉이다. 무언가와 부딪히고서 들린 둔탁한 소리는 지금의 성모 마리아 석상 위치에서 들렸다. 본래 진짜는 단 하나밖에 없다. 첫날의 석상이 진품이었다면 내가 깨뜨린 후에는 모조품을 갖다 놓았고, 그건 완벽히 대처할 수 없는 유일한 방법이다.

몇 걸음 떨어져서 기둥 위를 올려다보았다. 내부는 사람의 손에서 충분히 청소할 수 있지만, 저 높은 외관은 장비가 없다면 닿기에 무리일 것이다. 깨끗한 기둥 뒤로 흐린 구름 한 점 없이 화창한 배경이 깔려 있다. 하늘과 가장 가까운 산마루 턱에 앉아 그녀를 기다린다.

EP. 2

다시 들어온 1층에는 아무도 없었다. 계단을 올라 2층에 들어서도 아까 전에 왔던 복도 그대로였다. 그제서야 확신이 차올랐다. 통창으로 가득 메꿔진 3층에서 새어 들어오는 붉은빛을 따라 조심스레 걸었다. 계단을 밟을 때마다 내 심장을 밟는 것처럼 압박이 느껴지고, 한 계단씩 오를 때마다 높아지는 중압감에 토가 쏠렸다. 그리고 내 앞에는 진실이 놓여 있다.

"맞았구나."
내 목소리에 돌아본 그녀의 얼굴은 원래도 뽀얗지만 나와 마주하자 더욱 새하얗게 물들었다. 그녀는 놀랐는지 입을 다물지 못했고, 나는 침착하려 떨리는 두 손을 불끈 쥐었다.
"왜 그렇게 놀래? 내가 못 올 데 온 거 아니잖아. 어제 우리 여기서 만나기로 했으니까."

내 얘기에 그녀는 멈춰 있던 입을 뗐다.

"… 여기서 만나자 했다고?"

그녀는 고개를 푹 숙인 채, 몇 초간 혼잣말로 작게 중얼거렸다. 그 모습은 흡사 같이 있는 내가 아닌 다른 사람을 향하는 것처럼 느껴졌고, 나는 하연이를 지켜야만 했다.

"그만해."

그녀는 침묵으로 일관했다.

"그만하라고, 너 아니잖아, 하연이."

참을 수 없어 내뱉은 한마디에, 한참을 흐느끼던 그녀가 고개를 들었다. 그리고 얼굴을 마주한 순간, 나는 곧 알아챘다. 그 애가 내던 소리는 울음이 아닌 웃음이라는 것을.

"뭐가 웃긴 거야? 귀신 주제에 하연이 가면을 쓰면 진짜 사람이 될 거라 생각했어?"

"내가 귀신이라는 거야? 그래서? 내 모습이 하연이든 아니든 상관없어. 단지 그 애가 날 필요로 할 뿐이야."

"아니? 반대야. 네가 하연이를 필요로 했던 거야."

"내가 왜?"

"나도 그게 의문이었어. 모든 게 말도 안 되니까 꿈이라 생각하고 넘어가려 했는데도, 매 순간이 너무 생생하더라. 근데 이제야 알았어."

"말 돌리지 마, 내가 여기 있는 거는 어떻게 안 거야?"

"2층에 있는 성모 마리아 석상이 제 위치에 있더라."

"당연한 거 아니야? 그럼 뭐 석상이 발이라도 달려서 움직이는 것도 아니고"

"그치, 네 말대로 석상은 움직일 수 있는 발이 없어. 누군가 옮기지 않는 이상은."

"제 위치에 있다매. 근데 뭐가 움직였다는 건데."

"아까 밝을 때 와서 살짝 틀어놓고 나왔거든. 그런데 지금 다시 와서 보니까 제자리에 있더라. 발도 안 달린 돌인데."

"그래서 뭐, 내가 그걸 했다는 거야?"

"밖에 있으면서 지나가는 사람 한 명 못 봤어. 그럼 안에 있던 누군가가 했겠지. 그럼 누가 했냐는 거야. 분명 아까 건물 안에 들어왔을 땐 아무도 없었는데 말이야."

"네가 제대로 못 본 거겠지. 사람 한 명 못 봤는데 여기 내가 어떻게 있겠어?"

"응, 사람은 확실히 못 봤어. 그러니까 네가 귀신이라는 거야. 귀신이라면 사람인 내가 볼 수가 없지."

"그럼 지금 네가 보고 있는 건 뭔데. 아까는 귀신이라서 못 본 거고, 지금은 귀신이 아니라서 볼 수 있는 거야? 멍청한 소리를 하는구나."

"아까든 지금이든 네가 귀신이라는 건 달라지지 않아. 넌 노을이 질 때만 나타날 수 있으니까, 지금처럼."

"뭔 소리 하는 거야? 노을은 무슨 노을…."

"이 건물, 너한테 소중한 거지? 그런데 마음과 달리 지킬 수 없는 이유가 있었고."

"야, 말 돌리지 말라니까? 묻는 말에 대답이나 해."

"넌 하연이랑 하나 약속을 했어. 너한테 소중한 이 건물을 지켜주라고. 그 대가로는 꿈속에서 부모님을 만나게 해주는 거였어. 근데 어디라도 돌아다닐 수 있는 네가 아끼는 건물을 왜 직접 지키지 않고 사람을 끌어들였을까? 남에게 맡기는 건 불안한 법이잖아."

"그게 노을이랑 무슨 상관이야?"

"하연이에게 말로는 네가 나오는 시간이 그리 길지 않았어. 일관성 있게도 밤에만 활동했고. 그래도 나는 매일 짧게라도 나와서 건물을 지키면 되지 않나 싶었는데, 너는 그렇게 안 했지."

"단지 힘들어서 맡긴 거야. 산이니까."

"아니. 넌 매일 나와서 건물을 지키는 게 불가능했던 거야, 노을이 매번 뜨지 않잖아. 그래서 언제든 건물을 찾아올 수 있는 하연이한테 약속을 한 거지. 하연이는 거절할 수가 없었어. 하연이한테 부모님은 전부였으니까. 꿈속에서라도 부모님을 볼 수만 있다면, 어떤 리스크가 있더라도 할 만했던 거야. 하연이는 부모님을 만나기 위해서라도, 몸이 성치 않은데도 매일같이 건물에 올랐어. 물론 너도 건물을 지키기 위해서 약속대로 모습을 드러내야 했겠지, 근데 그러질 못했어. 노을이 없어서."

"그게 내가 노을 질 때만 나온다는 이유야?"

"하연이는 부모님이 돌아가시고부터 하루도 빠짐없이 일기를 썼어. 당연히 너를 처음 만나고, 지금까지 일들도 모두 적혀 있지. 네가 처음 모습을 나타냈던 날부터 적힌 일기를 쭉 읽어봤어. 내가 말한 게 전부더라. 약속을 하고, 약속을 지키고, 약속을 못 지키고. 그래서 내용에서는 알아낸 게 없어. 그런데 딱 하나가 신경 쓰이더라. 네가 나오는 날마다, 늘 '맑음' 칸에 동그라미가 쳐져 있다는 거야."

"동그라미는 우연이겠지. 너는 네 두 눈으로 직접 봤으면서 누가 하연이인지 구별 못 했잖아."

"뭔 소리야? 방금 한눈에 알아본—"

"엊그제 태풍 오던 날, 나를 그 애로 착각해서 다쳐가면서까지 광연루로 달려온 거 아니야?"

"그건… 비까지 내려서 노을 한 점 없었는데, 어떻게 나온 거야? 그리고 네가 나를 왜?"

"온갖 똑똑한 척은 다 하면서 막상 하나만 알고 둘은 모르구나. 비가 오든 눈이 오든, 날씨랑 상관없이 내가 내키면 나오는 거야. 그래도 교육 수준은 예전보다 많이 올랐네."

"그래, 네 말대로 노을이랑 상관없다 해도. 설령 네가 날 구한 건 날 구하려 했던 게 아니야."

"죽어가는 사람 구해줬는데 고마워하지도 않네. 어째 귀신보다 더 무섭다, 너. 노을이니 어쩌니 아는 척은 다 하면서, 정작 네가 스스로 맞춘 건 하나도 없잖아. 그 애한테 들은 얘기들로 끝까지 잘난 척은."

"왜 하필, 적대시하는 나를 구하다 건물에 피신시켜 준 거야?"

"알려줄까? 그 애는 할머니 핑계로 집에서 나올 수 없었잖아. 그 애를 대신할 관리인이 필요했고. 내키진 않았지만, 내가 나왔을 땐 태풍이 불어왔어. 광연루를 아는 유일한 생존자였던 네가 급히 떠올랐지, 넌 대체품으로도 적당했으니까."

"건물이 오래 됐으니까, 다른 사람들은 이미 다 죽었겠지."

"그 애가 그렇게 말해준 거야? 뭐 좋을 대로 생각해. 그 애한테 내 얘기는 충분히 들었을 테고, 그럼 하연이인 척 속인다면 충분히 네가 광연루에 찾아올 거라 생각했어. 결과적으로도 쓰러지면서까지 그 애를 구하러 건물을 찾아왔잖아."

"그러니까 학교에서 들었던 소리도, 학원 가는 길에 보였던 하연이도 사실은 다 너였다는 거네…."

"그건 또 무슨 소리야? 학교는 찾아간 적 없어. 귀신 앞에서 환청 들었던 얘기도 해주는 거야? 웃겨줘서 고마운데, 이젠 네가 필요 없어. 널 구하고 사라지니까 마침 그 애도 광연루에 돌아왔더라고. 그 덕분에 너 꼬드기며 거래할 수고를 덜었어. 근데 계산 밖의 일이네. 내가 없는 사이에 네가 그 애랑 친해져 버린 건."

"나 때문이 아니라, 애초에 네가 틀린 계산을 한 거야. 난 하연이랑 친해질 수 있어. 나를 구한 건 사정이 있다 해도, 왜 하필 하연이였던 거야? 건물 때문이라면 아무나 데려와도 상관없잖아."

"사람은 다 똑같아. 어쩌면 악마보다 더 악마지. 하지만 그 애는 달라. 나랑 닮았거든. 악마들로부터 광연루를 숨겨야 한다면, 내가 없을 때 광연루를 봐 줄 유일한 사람이 그 애야. 내 도움 없이는 못 살며, 절대적으로 내 말을 잘 따르고, 내가 잘 다룰 수 있으니까. 그래서 그 애가 돌아온 지금 넌 가치가 없어. 아니? 오히려 거슬려. 광연루에 오지 말라는 얘기 들었을 텐데, 다시 광연루로 돌아온 건 후회 안 할 자신이 있어서지?"

"그건 약속이 아니라, 이용하는 거야. 하연이가 정신적으로 힘들어져 제대로 판단도 못 할 시기에 현실에 없는 부모님을 끄집어내는 게 네가 말하는 '도움'이야? 하나만 묻자. 그럼 넌 왜 하연이를 도와주는 건데?"

"살아가라고."

"뭐?"

"걔가 살아야 광연루를 지킬 수 있잖아. 그리고 걔도 좋아서 한 약속인데, 뭐가 문제야? 살아갈 용기 좀 얻으라고 죽은 가족 만나게 해준 게 그렇게 불만인 거야?"

"사람은 언젠가 죽어. 너도 그렇듯, 나도 죽을 테고. 이해는 하지만, 미련 때문에 남아 있는 사람의 발목을 잡을 수는 없어. 살 사람은 살아야 하니까. 넌 하연이가 앞으로 나아갈 기회까지 박탈한 거야."

"이해를 한다고? 대체 뭐를? 잃어버린 사람을 다시 느낄 수 있다면 뭐든 다 할 수 있어. 고통 없이 살아왔을 네가 간절함을 알기나 해?"

"네가 준 건 죽어야 할 용기야, 잘못을 합리화하지 마. 진짜 부모라면 네가 한 짓들 절대로 원하지 않아 그게 부모니까."

"그러는 넌? 그 애한테 뭘 해줄 수 있는데?"

"같이 있어 줄 거야. 현실을 살아가게끔 도우면서. 그게 네가 꾸며낸 허상 연극보다 백배는 나아."

"하, 하하하하… 푸하핫! 진짜 웃기네, 너? 네가 뭘 하든 나 이상으로 걔한테 필요한 도움은 못 돼. 네가 왕자님처럼 옆에 있어 준다고 해서, 그 애가 '아, 살아야겠구나!' 할 것 같아? 아니야. 착각하지 마. 세상에 존재하는 모든 생명 중에서 사람이 가장 쓸모없고 끔찍해. 그저 자기 입방아에 오르지 않으려고, 말로 남까지 죽이는 게 정말 추악하기 끝이 없지. 언젠가는 그 애도 모든 걸 알게 될 거야. 그 애는 나랑 닮았다니까? 여러모로."

"하연이는 너랑 달라. 나는 알 수 있어."

"내가 충고 하나 해줄까? 사람은 믿는 거 아니야."

"귀신이면 더더욱 믿어선 안 되겠지."

"하연이가 필요해. 나나 그 애나."
"내가 못 만나게 할 거야. 혹시 그거 알아? 내일 비 온대."
"비? 그렇게 말해줘도 네 멋대로 생각하는구나."
"날 기껏 구하고는 사라졌잖아, 네 멋대로."
"잘됐네, 그럼 너도 알겠지. 비 오면 노을이 더 선명하게 생긴다는 거."

"야! 위에 있어?"
…
'언제 내려간 거지?'
"아니 뭐야, 위에 있으면서 대답도 안 해? 혼자 3층 올라와서 뭐 하는 거야?"
 주변은 이미 빛 하나 남기지 않은 채 어두워졌고, 어느새 귀신은 자취도 없이 사라져 있었다. 그리고 마지막 계단 턱 위— 그곳에 서서 말을 꺼낸 건 하연이었다.
"그게 방금 전까지…."
 내가 본 것을 얘기하기 위해 입을 뗐지만, 정리가 안 된 상태에서 말하는 건 혼란만 자초할 것 같았기에 도중에 말을 멈췄다.
"응? 방금 전까지 왜?"
"진짜 별거 아니야."
"궁금하잖아!"
"학원 숙제가… 방금 전까지였어, 그게 생각나가지고."
"뭐야, 진짜 별거 아니었네."
"올라오면서 이상한 건 없었어?"

"네가 제일 이상해. 그건 그렇고, 봤어?"
"뭐를?"
"오늘 그 애 만나려고 온 거잖아, 우리."
"맞다… 못 봤어. 오늘은 안 나오고 싶었나 보다."
"… 그렇구나."
"왜 그래?"
"내일이 기일이거든. 요 며칠 꿈을 못 꿔서, 오늘은 그 애를 봐야 했는데…."
"하연아, 미안한데… 나 오늘은 바로 들어가야 할 것 같아."
"아, 너 주말 지나고 시험 기간이라 했지? 미안, 내가 괜한 시간 뺏었구나."
"아니야, 내가 만나자 한 거잖아. 그건 그렇고 핸드폰 번호 좀 알려줄래?"
"그러게, 우리 지금까지 전화번호도 몰랐네. 여기."
"나 지금 갈 건데, 같이 가자."
"나는 좀 더 있다 가려고. 지키다 보면 그 애가 올 수도 있으니까."
"그럼 나 먼저 내려가서 연락할게."

하연이를 그곳에 남겨두고, 조용히 집으로 돌아왔다. 책상에 앉았지만 손에 잡히는 건 없고, 아까 전 있었던 일들만 머릿속에 계속 맴돌았다. 산만하게 흩어진 문제집들 사이에서 멍하니 시간을 보내다가 불쑥, 아까 받았던 번호가 생각나 폰을 꺼내 문자를 보냈다.

─

─ 들어갔어? 아직 건물 지키고 있나?
─ 응. 근데 슬슬 가야 하나 싶네. 할머니가 요즘 상태 좋아 보인다고 외

출 허락해 주신 건데, 너무 늦으면 걱정하실 테니까. 11시 전까지는 들어가야 해.
― 너 내일 일정 있어?
― 내일? 딱히 없어.
― 그럼 내일 만나자, 우리.
― 너 학교 시험은 어쩌고?
― 내일 개교기념일이야. 시험은 화요일부터 4일간.
― 그러자, 몇 시에 볼까?
― 너 일어나고 편할 때 만나.
― 그럼 넉넉잡아서 11시쯤 볼까? 건물에서 만나면 되려나.
― 아니, 내일은 가야 할 데 있어. 우리 처음 만났던 슬라임카페 기억하지?

―

하연이와 약속을 잡고는 핸드폰만 만지작거렸다. 별 의미도 없이 인터넷 창을 들락거리고, 전화 목록을 정리하다가 무심코 사진첩에 들어갔다.

쓸모없이 저장한 유명인들의 명언을 하나둘 지우던 중, 문득 한 장의 사진이 눈에 들어온다.

"언제 찍은 거지?"

하연이를 처음 만났던 날의 날짜로 저장된 사진이었다. 사진 속에는 화원 안쪽 폐건물의 윗기둥만이 흐릿하게 찍혀 있다.

'내가 이날, 사진을 찍었었나? 전혀 기억이 없는데….'

사진을 들여다보다, 다른 쓸모없는 이미지들과 함께 휴지통에 넣었다. 그러고는 혹시 내일 날씨 예보가 바뀌진 않았을까 싶어 인터넷에 들어갔다.

'다행이다. 내내 흐리다가 오후부터 비가 오네.'

그녀의 말을 거짓말이라고 믿고 있다. 아니, 믿을 수밖에 없다. 하지만 태풍이 몰아치던 날, 나를 구한 건 분명 그녀가 맞을 것이다. 하연이는 '나를 구하지 않았다'고 말했고, 비에 흠뻑 젖어 무거워진 내 몸을 그 작고 여린 몸으로 들 수 있을 리도 없었다.

'그날은 태풍 때문에 노을이 뜨지 않았는데….'

그런데도 그녀는 나를 구할 수 있었다. 노을을 제외한 자연재해 속에서, 특정한 조건이 갖춰졌을 때 그녀가 나올 수 있는 특별한 이유라도 있는 걸까.

EP. 3

하연이를 만나는 날이 되었다. 오랜만에 한 번도 깨지 않고 푹 잤더니, 몸도 마음도 묘하게 가벼웠다. 덕분에 개운한 기분으로 집 밖에 나설 수 있었다.

"뭐야? 웬 교복? 오늘 학교 개교기념일이라 하지 않았어?"

하얀 원피스를 입고 내 앞에 선 하연이가 말했다.

"그냥 우리 처음 만났던 장소가 여기라서 그런가 입고 싶었어. 뭐, 다른 학교는 등교할 테니까 평일에 교복 입어도 이상하지도 않고."

"너 그런 낭만도 챙겼어? 맞네, 우리 여기서 처음 만났었는데 이렇게 있으니까, 그때랑 완전 똑같다."

"너는 똑같겠지만, 나는 그때랑 같은 자리에 앉았는데도 느낌이 사뭇

다른 것 같은데?"

"아니야, 그때처럼 같은 자리에, 똑같은 교복 입고 있으니까 변한 거 없어 보여. 오히려 달라진 건 나 아닐까?"

하연이는 자기가 입은 원피스를 내려다보며 말했다.

"겉만 그렇지. 속은 그때나 지금이나 그대로 밝잖아."

"환자복으로 갈아입고 올까?"

"그런 농담은… 어떻게 받아들여야 할지 모르겠어."

"그때는 이 슬라임이 왜 그렇게 재밌었을까. 이제 보니까 별로인데 말이야. 미끌거리는 게, 이상한 냄새까지 나지 않아?"

"그렇다고 너무 폰만 보진 말지? 설마 폰케이스 바꿨다고 알아봐 주기를 바라는 거면… 내 취향은 아니야."

"헉, 이렇게 예쁜 토끼 봤어? 아까 낭만 있다 말한 거 취소야. 그건 그렇고, 이거 좀 봐봐."

나는 '낭만'이랑 '취향'은 엄연히 다르다고 말하려 했지만, 하연이가 삐질까 봐 차마 입 밖에 꺼내지는 않았다.

"뭔데?"

하연이가 보여준 동영상엔, 벚꽃이 핀 거리 위로 함박눈이 내리고 있었다. 봄과 겨울이 공존하는, 현실 같지 않은 풍경이었다.

"대박이지? 어떻게 같은 나라인데도 어디는 덥고, 어디는 눈이 내리는 거야? 너무 불공평해."

"고지대 있는 지역이나 이상기후 때문이면 저런 현상이 있을 수 있어. 근데 벚꽃이라면 이미 저번 주에 져 버리지 않았어? 벌써 5월로 넘어가는데."

"아~ 이거 저번 주에 올라온 동영상이야. 흠… 나도 저런 특별한 곳에 가서, 직접 두 눈으로 보고 싶다. 너무 로맨틱하잖아. 알겠지?"

"뭘 알아? 설마 그거 나 끌어들이는 거야? 안 돼. 추운 거라면 딱 질색이야."

"치, 나도 너랑 안 가. 그 애랑 가야겠다."

"… 그 애랑? 그 애가 언제 나타나는지 모르잖아."

"그치, 보통 밤 될 때 나오니까… 밤에 가면 되지 않을까? 아, 안 되겠네. 밤에는 눈 떨어지는 게 잘 안 보이잖아."

"근데 그 애는 왜 너한테 언제 나타난다고 말해주지 않은 걸까? 네가 물어본 적은 있어?"

"흠… 딱히? 내가 밤에 자니까 배려해 준다고, 밤에 맞춰 나온 거 아닐까? 만나면 한번 물어봐야겠다. 분명 눈 내리는 벚꽃도 좋아할 거야."

"잠시만. 네가 보여준 동영상, 저번 주에 올라왔다 그랬지?"

"응, 여기."

하연이가 보여준 동영상에는 업로드 정보가 적혀 있었다.

"인터넷 기록은 본인이 직접 삭제하지 않는 이상, 영원히 남잖아. 거기에 적힌 글이 됐든, 정보가 됐든."

"그렇지. 삭제하더라도 사람들이 공유하면 완벽히 지워지지도 않고… 갑자기 날씨 되게 흐리다. 비 온다 했었는데 몇 시에 오더―"

"기다려 봐."

하연이의 말을 끊고, 인터넷 창을 열어 날씨를 검색했다. 그리고 비로소, 하연이가 보여준 동영상 덕분에 그동안 어렵게 맴돌며 확신하지 못했던 의심의 실마리를 풀 수 있었다.

"… 알았다."

"뭐를? 내년에 나랑 눈 내리는 벚꽃 보러 가주려는 거야?"

"아니, 그거 말고. 이것 좀 봐봐."

"우와, 예쁘다. 하늘이 주황빛인데 땅은 젖어 있네? 언제야?"

"저번 주 금요일. 태풍 올 때, 우리가 만났던 날이야."

"비가 오는데 노을이 왜 있어?"

"흔한 건 아니지만, 특정 조건들이 맞물리면 불가능하진 않아. 그날, 태풍이 오기 전엔 구름이 끼긴 했지만 하늘은 맑았고 태풍은 예보보다 빨리 경로를 틀어서 북상했어. 해가 서쪽으로 지는 중에, 동쪽에서 태풍이 올라오면서 잠깐 공존했던 거야. 기사 찾아보니까 6년 전 여름에도 계절 전환기에 비슷한 현상이 관측됐대."

"특별한 날이었구나, 아쉽다. 역시 자연은 인간 따위가 감히 예상할 수 없는 영역인 것 같아."

그렇다. 하연이의 말처럼, 인간은 모든 걸 다 알지 못한다. 인간 중에서도 더 똑똑한 사람들이 모여 연구하는 과학조차 0.001퍼센트의 우연한 상황으로 인해 100퍼센트 단정 짓지 않는다. 하지만 남들이 그렇듯, 나도 더 높은 쪽의 가능성을 선택한 거였다. 그렇기에 말도 안 됐던 상황들을 이해할 수 없었다. 우연히 비 내리는 하늘에 노을이 졌고, 우연치 않게 나타난 그녀는 폐건물을 지키기 위해 하연이인 척 내 앞에 나타났다. 노을이 있던 시간대의 나는 학원에 있었고, 폐건물로 향할 즈음엔 노을은 이미 져버린 밤이었다.

"날씨 검색하라니까, 왜 저번 주 기사를 보여줘. 그래서 비는 언제 온대?"

"맞다, 날씨. 검색하니까 그날 기사가 많이 떠서 샜어. 비는 4시부터 온대."

"우산 못 챙겼는데… 비 안 왔으면 좋겠다. 비 떨어지는 노을도 내 눈으로 직접 봤어야 했는데, 벚꽃 눈도 못 보고 나만 죄다 놓치잖아!"

"그래도 인터넷 정보가 남아 있어서, 사진으로라도 볼 수 있잖아."

"그런가?"

"배고프지? 이제 밥 먹으러 갈까?"

"그러자! 저번이랑 다른 업체 슬라임으로 바뀌었나 봐, 변하니까 재미가 없다. 저번에 마신 홍차 대신 청포도에이드로 시켜 마셔서 다행이지, 아니면 실망할 뻔했어. 얼른 밥 먹으러 가자. 근데 우리 뭐 먹어?"

"알면 재미없어. 따라와."

우리는 슬라임카페를 나와, 근처 벤치가 있는 쉼터로 자리를 옮겼다.

"푸하핫. 너 뭐야, 기다리라 한 게 그거 때문이야? 대박이다, 진짜."

"메뉴 들으면 더 놀랄걸? 베이컨 아보카도 샌드위치랑 타코야."

"오늘 컨셉 소나무야? 그때랑 똑같네. 혹시 다 먹고 나서는 사슴 보러 가나?"

"비밀이야. 얼른 먹어, 식겠다."

"너 보기보다 로맨틱하구나? 근데 왜 여자친구를 못 사귀어봤대?"

"내가 왜 사귀어 본 적이 없어, 너한테 내 연애사를 들려준 적 없거든. 타코 안 먹을 거면 이리 내."

"농담이야, 농담. 뺏기기 전에 후딱 먹어 치워야겠다."

"안 놀리고, 안 뺏길 생각을 해."

벤치에 앉아 들고 있던 샌드위치를 다 먹은 우리는 소화도 시킬 겸 천천히 동네를 걸었다. 평일 점심, 사람들의 발걸음이 느슨하게 흐른다.

"우와, 저 옷 너한테 잘 어울릴 것 같은데?"

하연이가 옷 가게 쇼윈도에 진열된 옷을 손가락으로 가리키며 말했다.

"그럼 시간도 많으니까 잠시 구경하고 올까?"

말을 다 듣기도 전에 하연이의 발걸음은 이미 옷 가게를 향하고 있었다.

"에이, 생각보다 별로네. 빛 받아서 좋아 보였던 거였어."

"애초에 남자 옷인데 네가 별로랄 게 있냐?"

"얘가 뭘 좀 모르네. 요즘은 남자, 여자 상관없이 예쁘면 그냥 입는 거야. 여자친구 못 사귀는 데에는 이유가 다 있구나!"

하연이의 말에 나는 정곡이 찔리고 말았다.

"어? 예쁘다, 이거 어때?"

"예쁘네. 근데 너한테 맞는 사이즈가 있을까?"

"그치, 예쁘지. 이거 입으면 여자친구 생길 수도 있겠다."

알게 모르게 하연이는 자꾸만 내 정곡을 찔렀다.

"사장님, 이거 걸려 있는 거 계산해 주세요."

"나는 옷 산다 한 적 없는데?"

"예쁘다며~ 내가 사는 거야. 밥 두 번이나 사줬잖아, 그때나 지금이나."

옷 가게 주인은 우리의 대화를 엿듣고서 마음이 바뀔까 서둘러 거들었다.

"그래, 학생. 여자친구가 사준다는데 입고 가. 이거 잘 팔리는 거라 이제 몇 개 없어. 봐봐, 어울리잖아. 자, 7만 5천 원인데, 여자친구가 예쁘니까 7만 3천 원만 줘. 현금이면 7만 원~"

옷 가게 주인은 우리의 대화가 끝나기도 전에 걸려 있던 옷을 꺼내 내 몸에 한 번 대보고는, 바로 카운터로 가져가 포장을 시작했다.

"현금이 없어서 카드로 결제할게요."

"잠시만, 티셔츠 한 장에 7만 원이 넘어가는 건 좀 비싼데, 차라리 다른 걸로 바꿔올게. 기다려 봐."

"됐어, 예쁘다며. 사장님, 얼른 계산해 주세요."

나는 하연이의 권유대로 탈의실에 들어가 교복에서 방금 산 티셔츠로 갈아입었다.

"갈아입었어? 얼른 나와 봐!"

"갈아입은 옷이 나랑은 안 어울리는데, 그냥 환불하고 교복 입으면 안 돼? 적응이 안 된다."

"에이, 이 정도면 봐줄 만해."

"너무 사치스러운 거 아니야? 저번이랑은 다르게."

"저번에는 도망 다니느라 돈이 없던 거고~ 지금까지 돈은 네가 더 썼지. 사람은 쉽게 바뀌면 죽는대. 난 원래 이랬는데, 왜? 카드 내미는 거 보니까 좀 누나 같았어?"

"나도 옷 하나 골라줄게, 구경해봐."

"어? 난 이 옷이 맞는 것 같은데… 그냥 이거 입을래."

하연이는 입고 있던 하얀 원피스를 내려다보며 말했다.

"그런 게 어딨어? 누나처럼 이미지 변신하고 싶었던 거 아니야?"

"흠…. 뭐, 구경이나 한번 해볼까?"

"이거 초록색 괜찮다. 입고 와 봐."

탈의실에서 나온 하연이가 말했다.

"어때? 이미지 달라진 것 같아? 어째 좀 큰 것 같기도 하고."
"괜찮아 잘 어울려, 사장님, 이 옷도 계산할게요."

서로의 옷을 산 우리는 옷 가게를 나와 거리로 나왔다.
"치, 기껏 사줬고만 정작 옷은 나만 갈아입었네."
"다음에 만날 때 꼭 입을게. 우리 집은 원래 새 옷 사면 무조건 한 번은 세탁하고 입어서 나도 습관이 됐어."
"가족 얘기하니까 넘어간다. 그래도 네가 골라준 옷으로 갈아입으니 기분 좋아졌어. 하얀 원피스 말고는 안 어울릴 것 같았는데, 이런 게 모델의 중요성이라는 건가?"
"결국 자기 칭찬이구나. 그래, 누가 봐도 기분 좋아 보인다. 잠깐 서 봐."
"왜? 누구 와?"
"다음 갈 곳은 변두리에 있어서 택시 타고 갈 거야."
"어디길래 택시까지 잡는대? 저기, 택시 한 대 온다! 잘 봐, 옷까지 바꿔 입은 누나가 멋지게 택시 잡는 법."
하연이는 택시를 잡으려 도로 쪽으로 짧은 손을 힘껏 뻗었지만, 택시는 멈추지 않았다. 정적 속에 여러 차들만 쌩쌩 지나갔다.

"하… 쪽팔려. 내가 몇 번을 불렀을 땐 한 대도 안 잡히더니, 네 손짓 한 번에 택시가 잡히는 거 차별 대우 아니야? 이럴 거면 그냥 어플로 예약할걸."
"누나로 달라지기는 무슨. 초등학생이 장난치는 줄 알고 아무도 안 멈추신 거잖아."

이동 중인 택시 안에서 투닥거리다 보니, 오늘 만남의 목적지에 도착했다.

"설마—네가 비밀이라고 숨긴 곳이 여기였어?"

아까 샌드위치를 주문하고 기다리는 동안 옆 편의점에 들러 산 육포 한 팩과 과자 한 봉지를 꺼내 하연이에게 건넸다. 그리고 손이 없는 하연이를 대신해 이온 음료와 종이컵을 들며 말했다.

"얼른 찾아뵙자, 기다리시겠다."

"엄마, 아빠, 딸 왔어. 오래 기다렸지? 늦게 찾아와서 미안해. 보고 싶었어…."

부모님의 유골함 앞에 선 하연이는 한참 동안 말을 잇지 못했다. 부모를 잃고 혼자 외롭게 살아왔을 하연이의 마음을 내가 이해하려 하는 건 무리였기에, 손에 들고 있던 이온 음료를 종이컵 두 잔에 나누어 따라, 작은 유리창 뒤 고인의 이름이 적힌 칸 아래에 조심스레 내려놓고 묵묵히 자리를 지켰다.

"고마워. 부모님 돌아가시고, 할머니 따라 한번 왔을 땐 내가 너무 어려서 믿기지 않는 현실을 부정만 했는데, 언젠간 해야 했던 일을 너 덕분에 마주하니까 힘이 된다."

하연이는 나를 향하던 시선을 다시 유골함으로 돌리며 말을 이었다.

"엄마, 아빠, 내 친구야. 처음 보지? 나 여기로 데려다준 고마운 친구야. 이 옷도 친구가 사줘서 오늘 갈아입은 건데, 어때? 잘 어울려? 인사할래?"

"아, 응… 저기, 안녕하세요. 원래는 술을 사야 하는데 제가 아직 학생이라—그래도 이온 음료가 시원해서… 아, 미지근해졌네요. 아무튼 그

하연이는 제가 옆에서 같이 있어 주겠습니다. 걱정 마시고 하늘에서 지켜주세요. 자주 찾아뵐게요."
 "뭐야, 상견례 하는 줄 알겠어. 이제 슬슬 갈까? 비 한 방울씩 떨어진다."
 "다행이다."
 "응? 못 들었어."
 "아니야, 가자 이제."
 하연이는 나를 위해 장난을 치곤, 아련한 표정으로 부모님이 안치된 유골함을 바라보다가 돌아서 말했다.

 "아까 택시 기사님한테 말했을 때 익숙해서 어디서 들어봤던가 생각했는데, 여기 올 줄은 상상도 못 했어. 근데 어떻게 알았대? 우리 부모님 계신 공원묘지를."
 "네 일기장 보는데 처음 오고 그 이후로는 안 적혀 있길래 기억해 놨어. 언젠간 같이 찾아오면 너한테도 도움 될 것 같아서."
 "덕분에 현실을 내다볼 수 있을 것 같아. 우리 엄마, 아빠 하늘에서도 나 지켜봐 줄 거야."
 "얼굴이 밝아졌네, 이제 마음 정했나 봐?"
 "응, 그만 휘둘리고 이제는 현실을 살아보려고. 방황하기엔 멋있는 고등학생이 되지 못할 것 같아, 어? 비 온다."
 "얼른 가자, 감기 걸리겠다."
 "나 덕분에 택시 탄 줄 알아, 이런 구석진 곳에선 예약 없이 택시 잡기 어려워. 흠, 근데 공원묘지가 관리를 소홀히 하네. 전화로 한번 따져 봐야겠어."

"오랜만에 온 것치고는 먼지도 별로 없던데? 다음에 올 땐 유리창 닦을 물티슈나 손수건 같은 것 좀 챙겨 오자."

"그래, 같이 와줄 거지? 엄마 아빠 앞에서 나한테 고백까지 했는데, 같이 안 와주면 우리 부모님이 하늘에서 가만두지 않을걸?"

"무서워서라도 와야겠네."

"고마워. 오늘 너 시험공부 해야 하는데 내가 방해한 거 아니야?"

"괜찮아, 나 공부 잘해. 답 밀려 쓰지 않는 이상 만점 받을 거야. 걱정하지 마."

"왠지 재수 없는 말투네… 아, 우리 사진 찍을까?"

"사진? 핸드폰으로? 나 사진 잘 안 찍는―"

"붙어봐, 찍는다. 하나, 둘!"

내게로 붙은 하연이 때문에 내 심장은 두근거렸다.

"뭔 소리야? 네 심장 소리 같은데? 어디 아파? 나 때문에 떨리는 거야?"

"사진 잘 안 찍는데, 네가 카메라부터 들이대니까 당황해서 그런 거 아니야."

"당황했다 하기엔 소리가 너무 큰데?"

"어… 그러게, 나 어디 아픈가? 뭐지?"

"밖에 봐봐, 천둥번개 치는 거였어."

하연이의 말에 고개를 돌려 밖을 내다봤을 때, 천둥소리가 들려왔다.

우르릉… 쾅―!

이루어질 수 없는 이유

9장

이 루 어 질 수 없 는 이 유

EP. 1

—

— 시험 어때? 잘 봤어?
— 그럭저럭. 가채점했을 때는 한 개 빼곤 다 맞았어. 남은 3일 동안은 두 과목씩이라 이제 밤새야 해.
— 오호라~ 모르는 문제는 4번으로 찍어.
— 모르는 게 없으면?
— 그래도 4번으로 찍어.
— 너 덕분에 시험 망치겠다.
— 우리 시험 끝나고야 볼 수 있는 건가?
— 그래야 할 것 같은데, 그래도 내일만 잘 넘기면 남은 시험들은 수월해

서 전화 정도는 할 수 있을 거야.
― 시험 기간에 전화할 생각도 하고, 너 나 많이 보고 싶구나?
― 공부해야 해. 잘 자.

―

시험 첫날, 꽤 괜찮은 시작을 한 나는 하연이와 문자를 주고받을 수 있었다. 예전 같았으면 밥도 못 먹을 정도로 예민해져서 핸드폰을 보는 건 상상도 못 했지만, 시험에 자신이 있어서인지 아니면 문자 내용처럼 진짜 보고 싶어서인지, 어쩌다 보니 짧지만 여운이 오래 남는 문자를 주고받았다.

연락을 마치고 공부하려 핸드폰을 끄던 중, 배경 사진이 눈에 들어왔다. 하연이와 어제 택시 안에서 찍은 사진이다. 평소에는 별다른 설정 없이 칙칙한 기본 바탕화면을 유지해 왔지만, 폰을 갖게 된 게 신기해서 한창 핸드폰을 많이 만지던 어릴 적을 제외하면, 오랜만에 내 손으로 배경 사진을 바꾼 것 같다.

책을 펴 공부하려 했지만, 도통 문제가 눈에 들어오지 않는다. 사진을 보니 어제 택시 안에서의 장면이 떠올랐다. 향수 냄새를 싫어하는 내가 유일하게 맡을 수 있었던 하연이의 향수가 생생하게 느껴졌다. 컨디션 유지를 위해 3시간 정도는 자려 했는데, 오늘 밤은 그게 쉽지 않을 것 같다. 조용히 책장을 정리해 본다.

"에이요~ 수학은 잘 봤나?"
시험 둘째 날, 1교시 수학 영역이 끝나 쉬는 시간이 됐다. 2교시는 자습이라 3교시에 있을 영어 시험을 준비하려 가방에서 학습지를 꺼내던 중, 앞자리에 앉은 건휘가 말을 걸었다.

"생각보다 쉽던데? 넌 잘 봤냐?"

"아니, 망했어. 이따 시험지 좀 보여줘라, 가채점해 보게."

"그래, 근데 왜 망해? 공부 그렇게 해놓고."

"하… 그게 있잖아, 한 7번까지는 술술 풀었는데 8번 문제 답이 22가 나오는 거야."

"8번? 그거라면 답은 22 맞는데."

"그래? 오, 다행이다. 아니, 아무튼 풀고 나서 답이 22가 나오는 거 보니까 저번 주에 나온 '이루어질 수 없는 이유'가 떠오르더라고. 그러더니 짜증이 확 솟아서 다음 문제부터는 집중이 하나도 안 되더라."

"그거 웹툰 아니야? 뭔 내용이더라? 그냥 연애물 아니던가?"

"그냥 연애물이라고? 이 명작 앞에 '그냥'이라는 말이 붙는 건 모독이고 실례야. 불치병을 앓고 있던 여자가 남자를 만나고 연애 감정이 생겨서 심장 조아리며 지내는데, 불치병 유무를 모르던 남자가 바닥에 향초 365개를 놓고 365일 일 년 내내 같이 있어 준대. 말한 다음에는 장미꽃 한 다발 내밀면서 고백을 하는데, 크으… 나도 나중에 고백할 때 향초랑 장미꽃 사서 따라 할 거야. 여기까지만 보면 너무 재밌지 않냐?"

"별로야. 애초에 여자가 비밀이 있었으면 말을 했어야지, 전개도 별로고 고백도 네가 하는 모습을 상상하니까 더 별로야."

"그럴 수 있지. 근데 이제부터가 진짜야. 여자가 남자의 고백을 듣고는 고민하다가, 불치병을 앓고 있다는 걸 말해버렸어. 남자는 혼란스러워하다가 생각해 본다며 집에 가버리곤 한참을 고민했지. 그리고 그 사이에 여자가 덤프트럭에 치여 교통사고로 죽어버린 거야."

"… 그래서?"

"남자가 여자 집에 찾아갔을 땐 아무도 없었어. 차였구나 생각하고 돌아서서 집에 가려는 데, 여자 집 앞에 주민들이 모여서 수근거리고 있는 거야. '여자가 사는 빌라 사람이 교통사고로 죽어버려서 집값 떨어지지는 않을까 걱정된다'는 말들이었어.

그걸 조용히 엿들은 남자는 설마 하는 마음에 죽은 여자가 안치되어 있다는 납골당에 찾아가. 2시간이나 걸려 왔는데, 문 앞에 서서 망설인 거야. 도저히 진실을 마주할 용기가 없던 남자는 그만 돌아가려 했고 그 앞에 여자가 서 있었어."

"그게 말이 돼? 죽은 여자 보러 간 건데 여자가 왜 떡하니 서 있어?"

"들어봐. 그래서 남자는 '아니었구나' 하며 기뻐했고, 불치병도 상관없다고 다시 고백했어. 여자도 더 이상 고민하지 않고 둘은 사귀게 됐는데 둘이 일상에서 연애하는 모습을 네가 봐야 알아, 보기만 해도 웃음 나는 게 포인트란 말이야. 아무튼 그렇게 사귀다가 어느 날 남자의 친할아버지가 돌아가시게 돼. 우연히 전에 갔던 납골당에 안치되셔서 남자는 보러 갔고, 거기서 여자의 유골함을 발견한 남자는 그제야 진실을 마주하게 됐어."

"… 그래서 남자는 어떻게 하기로 했대?"

"남자는 여자에게 비밀로 하고서 연애를 유지했어. 사랑했으니까. 그렇게 둘은 어쩌다 보니 서로 비밀을 숨기며 속고 속이는 관계가 돼 버린 거지.

그러다 남자는 의식을 안 해도 자꾸 이상한 광경들을 보게 되는데 여자가 데이트 도중 사라지고 한참 뒤에야 학교 동창을 우연히 만나 대화

하고 왔다며 변명하고, 또 어느 날은 둘이 집에 있다가 여자가 화장실에 들어가 나오지를 않아서 노크하고 들어가 보니 사라져 있었어.

　나중에 나와서는 화장실 창문으로 나갈 수 있나 궁금해서 시도했다가 나가지니 내친김에 산책 좀 하고 왔다고 말했지. 더 이상 못 참았던 남자는 알고 있던 사실을 전부 폭로했어.

　근데 여자 반응은 어째 알고 있었다는 눈치였던 거야. '나 사실 두 집 살림하고 있었어.' 딱 이 한마디를 하는데 죽은 줄 알았던 여자에게 배신당한 걸 그제야 알게 된 남자도 말했어. '나 사실 여자야.'라고."

　"아니 그런 막장이 다 있냐. 그런 말도 안 되는 게 어딨어? 그다음은 어떻게 됐는데?"

　"저번 주 회차에 남자가 그렇게 말하고 끝났어. 금요일에 나와도 안 볼 거야. 내 인생 웹툰을 한순간 파멸에 몰아넣다니…."

　"결국 배신에 배신을 거듭한 거네. 그래서 제목이 '이루어질 수 없는 이유'인 거야? 묘하게 찝찝하네. 괜히 들었어. 근데 22랑 웹툰이 무슨 상관이야?"

　"제목 '이루어질 수 없는 이유'의 이, 이만 따서 상징 숫자가 22야."

　"제목마저 소름 끼치게 별로다."

　"뭐 이따 시험 끝나고 피시방이나 가자."

　"너 망쳤다고 나까지 끌어드리려 하네. 너 웹툰도 그래서 말했지?"

　"하, 공부해야지 나도. 수학 버리고 남은 과목으로 평균 메꿔야겠다. 아 맞다, 너 이따 야구 볼 거냐?"

　"결과만 봐야지. 근데 비 때문에 경기가 열릴까?"

　"비? 일기예보에는 점심때 그친다고 나왔는데 이따 그치면 맑게 개지 않을까? 이런 날 경기하지 언제 하겠냐?"

"비가 그친다고? 에이 설마, 내일까지 비 소식 있었는데?"

"뭐야, 야구에 진심이었네. 지금 핸드폰 없으니까 학교 끝날 때 검색해 봐. 그래서 난 우산 안 챙겼어."

2교시 자습 시간을 지나 3교시 영어 시험 시간이 되었다. 필통에서 샤프 두 자루와 마킹용 펜을 꺼낸 다음 잉크가 떨어지진 않았나 확인하며, 비가 내리는 창가로 고개를 돌려 오른쪽 귀를 스피커 쪽으로 기울였다.

"Number eight. What did Emily do after she arrived at the library? One. She returned her books and—"

삐—

"어휴, 깜짝이야. 뭐야 이 소리?"

"—went to the second floor to—"

우르르 쾅쾅—!

"엄마야!"
"폭탄 터진 거 아니야?"
"시끄러워 안 들리잖아!"

"아씨, 못 들었다…."

"다들 조용! 신경 쓰지 말고 문제 풀어. 이제부터 잡담은 커닝 처리할 거야."

내 눈앞에 밝은 빛이 번쩍 떠올랐다가 순간 사라졌다. 그때 내가 문제를 못 푼 건, 계획에 없던 번개소리라는 변수가 아닌 그녀가 떠올랐다는 변수로 인해 생기고 말았다.

"우와 씨, 다행이다. 번개소리에 묻힌 두 문제는 따로 다음 주에 재시험 본대. 한 문제는 사실 잘 들렸는데."

"야, 건휘야, 그것보다 우리 오늘 핸드폰 가방 가져오는 애 누구지?"

"시험 기간이라 주번 없지 않나? 그럼 반장이 갖고 올 것 같은데, 근데 반장 옆 반 갔어. 채점 때문에 전교 1등 거 시험지 좀 빌린다고."

건휘의 얘기가 끝나자마자 곧바로 교무실로 뛰어갔다.

"너 뭐, 야구에 돈 걸었냐? 핸드폰에 왜 이렇게 목숨을 걸어, 너답지 않게"

"야, 건휘야, 선생님 종례하시러 오시면 나 배 아파서 보건실 좀 갔다고 대신 전해 줘."

"엥? 뭔 소리야? 너 아프냐? 어디 아픈 건데?"

"나 먼저 가볼게, 고맙다. 밥 한번 살게."

"야야, 이렇게 간다고? 어… 진짜 갔네, 자식. 연애한다더니 사람이 바뀐 건가? 그래, 너라도 행복해라—"

시험이 끝나자마자 간절한 마음으로 핸드폰을 켜고 날씨부터 확인했다. 어젯밤 기사에는 오늘 저녁까지 비가 온다고 했지만, 마지막으로 본 예보와 달리 건휘의 말대로 기상 예보가 바뀌어 있었다.

현재 시각은 오후 2시가 되기 직전, 기상청 예보가 맞다면 비는 약 3시간 후인 5시에 그친다. 다만, 강수량은 비가 그친 후에도 여전히 높았다. 그래도 완전히 안심할 수는 없었다. 모든 상황을 배제할 수 없기에, 날씨를 확인한 뒤 하연이에게 문자를 보냈다.

―

― 어디야? 나 시험 끝나고 집 가는 중
― 나 집에 있어 시험 빨리 끝났네? 근데 왜 학원으로 안 가고?
― 내일은 암기 과목이라 학원 안 가도 돼, 오늘 어디 안 나가지?
― 응, 근데 나가는 건 왜?
― 아니 그냥 날이 좀 쌀쌀해서.
― ㅋㅋㅋ 뭐야 갑자기? 알았어 공부 열심히 해, 나도 공부하는 중.
― 공부?
― 응. 대학교 가고 싶어서 검정고시부터 준비해 보려고. 근데 안 하던 공부 하려니깐 어렵다.
― 무리하지 말고 쉬어 가면서 해.
― 알았어, 너도 무리하지 마.

―

'휴, 다행이다. 만약 그 애가 나타난대도 하연이가 할머니랑 같이 있다면 쉽사리 접근하기 어려울 거야.'

아무도 없는 집에 들어와 공부하려고 책상에 앉았다가, 비도 내리고 왠지 센치한 분위기에 자리를 거실로 옮겼다. 부모님이 계셨다면 애초에 나가지 않았겠지만, 설사 시도했더라도 "그게 무슨 공부야."라며 잔소리하실 게 뻔했다. 두 분이 퇴근하실 때까지 시간은 넉넉하다. 책과 노트를 꺼내 펼친 뒤 채널은 건드리지 않은 채 TV를 틀고, 소리 볼륨만 시끄럽지 않을 정도로 키웠다.

"하지만 과학으로도 설명이 안 되는 일이 벌어지기도 해요. 일정 주파수를 벗어나 현대 기술로도 확인이 어려운 사운드라면, 사연에 올라온 내용처럼 전생에서 보내는 소리일 수 있다는 거죠."

"그래서 제가 몇 가지 전생과 관련된 미신들을 가지고 와봤는데, 가장 눈에 띄는 건 가끔 귀에서 '윙~' 하고 울리는 이명 소리를 패널분들도 한 번씩은 경험해 보신 적 있으실 텐데요. 자신과 같은 날 비슷한 시간에 태어난 사람이 죽는 거라는 썰도 있는데, 다들 어떻게 보시나요?"

"그것 외에도 사랑하는 사람이 죽는 거다 뭐다 알려진 건 많은데, 이상하리만큼 전생과 관련된 얘기들이 많아요."

"근데 사실 이명 소리에 관해서는 귀 관련 일시적인 장애 현상이거나 뇌의 오작동 등 일상생활 속 생기는 문제들에 의해 생기는 거라 전문가들이 말하는데, 사연은 그냥 미신 아니에요?"

"분위기 초치지 마세―"

'전생? 그런 게 말이 되나.'라고 생각했지만, 웃기게도 지금 내 걱정은 귀신으로부터 하연이를 떼어내는 일이었다. TV에서 나오는 얘기들이

다른 사람들에겐 믿기 힘든 판타지일지라도, 지금의 나에겐 단순히 웃어넘길 수만은 없는 현실이었다.

　TV를 보며 귀신인 그 애를 떠올리자, 전에 학교 옥상에서 들었던 소리가 생각난다. 내가 태풍에 쓰러졌던 그날, 하연이의 모습을 하고 나를 건물 안으로 유도한 건 맞지만, 학교까지 따라와 말을 걸진 않았다 했다. 그럼 내가 들은 그 목소리는 대체 뭐였을까. 귀신이 직접 자기는 아니라고 했으니, 정말 전생의 누군가였던 걸까. 하연이도 그 애도 아니라 생각하고 돌이켜보면 그 목소리는 여자처럼 높지도 않았고, 그렇다고 성인 남자처럼 중후하지도 않았다. 적어도 그건 변성기에 가까운 목소리다.

　"… 내 또래 남자?"
　부정하려 했다. 부정해야만 했다. 그 목소리가 그저 톤 낮은 여자였거나, 차라리 귀신이었더라면. 설마 전생의 나는 남자를 좋아했던 걸까? 이건 공부가 하기 싫어서 하는, 그저 쓸데없는 잡생각이라 넘기고 다시 펜을 쥐었다. 그런데 사람들은 왜 불안한 예감은 틀리지 않는다고 말하는 걸까.

　괜히 영어 듣기 평가 중에 들었던 천둥번개 소리가 다시 떠올랐다. 불길한 징조처럼 말이다. 하늘에는 여전히 비가 내리고 있다. 긴장했더니 눈이 감겨 온다.

EP. 2

　"… 일어나."

…
"왜 여기서 이러고 있는 거야?"
아무것도 안 보인다.
"… 그만 자고 눈 좀 떠."
이제는 헛소리까지 들려온다.

"아니, 공부하라니깐 TV는 왜 틀고 자고 있어?"
"엄마 언제 왔대? 아니, 공부하다가 잠깐 쉬려고 티비 튼 건데 깜빡 잠들었어."
"오늘 시험은 잘 본 것 같아?"
"… 뭐 그럭저럭."
"엄마, 아빠 실망시키지 마. 한 번 틀어지면 다시는 못 돌려놔. 1학년부터 쌓아온 게 얼마인데."
"알아. 자소서도 쓰고 있어."
"얼른 방 들어가서 공부해."
어느새 퇴근한 엄마가 집에 들어와서는 나를 재촉했다. 엄마로부터 방으로 대피하기 위해 몸을 일으켰는데, 많이 잔 것도 아니지만 이상하리만큼 개운했다. 낮에도 먹구름이 잔뜩 껴 어두웠던 거실은 시간이 지나 밤이 되어 가는데도 낮만큼 밝았다. 창가 넘어 밖을 내다보니, 언제 비가 그쳤는지도 모를 만큼 하늘은 맑게 개어 가고 있었다.
"엄마! 비 언제 그쳤어? 엄마 퇴근할 때 그친 거야?"
"집에 몇 시에 들어왔는데 비가 그쳤는지도 몰라. 한 서너 시쯤부터 안 내리던데? 먹구름이 시험지로 옮기기 전에 얼른 들어가서 공부나

해. 어디 안 하려고 꿍꿍이."

비는 그쳤다. 그것도 예보보다 빠르게, 2시간이나 일찍. 번개가 쳤던 게 우스워질 만큼, 하늘은 점점 개어 가고 있다. 분명 예보엔 오후 5시까지 비가 내리고, 그 이후에도 강수량 수치가 높아서 해가 지는 7시까지는 노을 없이 어둡게 가라앉을 거라 생각했다. 만약 비가 정말 5시까지만 내렸더라면, 그래서 그 2시간만 잘 넘겼더라면 말이다. 현재 시각은 4시를 막 지나고 있다.

─

― 어디야?

― 집에서 공부하고 있어?

─

나는 하연이에게 수차례 전화와 몇 통의 문자를 보냈다.

― 바빠?

― 왜 연락이 안 돼?

― 지금 거기로 갈게.

― 집 어디야?

─

하연이에게 무슨 일이 생긴 걸까, 하연이 앞으로 벌써 그 애가 나온 걸까. 아직 노을이 뜨진 않았지만, 더는 느긋하게 기다릴 여유 따윈 없었다. 곧바로 내 방에서 무기가 될 만한 물건을 챙긴 다음 운동화를 신었다. 챙긴 물건은 기껏해야 커터칼, 만년필 정도만 제 역할을 하겠지만 든든한 지원군처럼 소중했다.

"어디 가? 공부는 다 했어?"
"공부하러 도서관 가, 집에서는 집중 안 돼."

 엄마의 안부를 뒤로한 채, 도서관이 아닌 하연이가 있을 법한 곳을 찾아가고 있다. 가장 가까운 10분 거리의 슬라임카페부터, 샌드위치 가게, 그리고 사슴이 있는 옆 마을 공원까지. 시간은 1시간이 훌쩍 지나 어느덧 5시 반. 왠지 모를 불길함이 점점 엄습해 온다. 그리고 그 순간, 뇌리에 꽂히듯 말 한마디가 떠올랐다.
 '그럼 너도 알겠지, 비 오면 노을이 더 선명하게 생긴다는 거.'

 가면 위험할 수 있다는 걸 안다. 하지만 이제 남은 장소는 단 한 곳뿐이다. 산에 올랐다. 이제는 헤매지 않을 정도로 눈에 익어버린 길. 어딘가에 소중한 무언가를 두고 온 듯, 본능적으로 지켜야 한다는 마음에 발걸음이 점점 빨라진다. 길을 건너고 산을 오르니, 어느덧 낮은 경사에 닿았다. 하연이를 찾는다면, 오늘 이후로는 다시는 오지 않을 이곳. 나는 그 폐건물 앞에 섰다.

 들어가야 할까, 말아야 할까. 태양은 저물어 가고, 곧 밤이 찾아올 텐데. 뭐가 두려워서 이 문을 아직 열지 못하고 있는 걸까. 손잡이를 움켜쥔 내 손바닥엔 땀이 흥건해졌다. 결심이 섰다면 움직여야 한다. 변하려면 나아가야 한다. 넘어지더라도 그래서 피가 나더라도. 그 전부 알면서도 할 수 있는 건, 다시 새살이 돋아날 걸 알기 때문에 아프더라도 견딜 수 있다.

손잡이에 주던 힘의 방향을 조용히 앞으로 밀었다.

"하연아! 안에 있어?"

높게 솟아오른 공간에 내 목소리만이 메아리로 돌아온다. 그리고 서 있는 하연이를 만날 수 있었다.

"하연아…?"

하연이가 아닌 악마를.

"아직 노을이라면―지고 있구나…."
"이제는 네 마음대로구나."
"결국 내 말이 맞았어. 노을이 없으면 아무것도 못하는 무기력한 귀신."
"자신이 못 미더워서 귀신 말 하나에 흔들린 게 누군데?"
"난 나를 믿어서 여기로 온 거야, 너를 이 세상에서 떼어놓으려고."
"365일 중에 흐린 날이 얼마나 될 것 같아?"
"돌아가. 네가 어느 시대에 죽었든, 여긴 네가 있을 곳이 아니야."
"내가 있어야 할 곳에서 네가 들어온 거야."
"건물을 지키기 위해 나를 구했다는 네 말은 믿어야 할 것 같아."
"그렇게 믿고 싶은 거겠지, 이제는 눈치챘잖아, 너도 그 애가―"
"그거에 대해서 더는 말하지 마, 믿는다 했으니까. 하연이가 돌아오고 필요 없어진 나를 경계하는 것도 이해돼, 근데 태풍 속에서 어떻게 두 번이나 나올 수 있던 거야?"

"네가 거짓말했다는 걸 인정하는 거네?"

"네가 감싸주려고 말한 대로라면, 내가 학원에 가던 길에서 한 번, 이곳에 오르면서 또 한 번, 총 두 번 나왔지. 한 번은 하연이 덕분에 알아냈어. 그날, 노을이 떴던 짧은 시간이 있었고 너는 그때를 이용한 거야. 하지만 남은 한 번은 노을도 지고 하늘은 완전히 밤이 돼서, 작은 확률조차도 허용되지 않았어. 과거를 찾아봐도, 과학적으로 알아봐도, 밤에 한 번 노을이 지고 밤이 되었는데 한두 시간 만에 또다시 노을이 뜨는 경우는 없거든. 더군다나 그때면 태풍도 시작됐었고."

"노을 얘기를 듣고 싶은 거 같은데, 네가 우기는 걸 들어보면 결국 그 애가 했단 거 말고 더 있어?"

"봐봐, 넌 알량한 의리조차 없잖아. 하연이가 나올 수 있는데, 나보고 폐건물 지키라고 유도했겠어? 사람 팔아먹고, 거짓말하면 넘어갈 것 같아?"

"다 알면서, 너 뭐 하자는 거야."

"하연이랑 사진을 찍었어. 찍은 사진을 보려고 핸드폰 사진첩에 들어갔는데, 마음에 걸리는 게 있더라. 찍은 적 없는 사진이 있었던 거야."

"걔가 너랑 왜 사진을 찍어? 지금 그거 자랑인 거야?"

"그 사진 속에는 이 건물 윗기둥이 흔들려 찍혀 있었고, 날짜는 내가 처음 하연이를 만났던 날짜로 나와 있더라. 각도상 아무래도 주머니 속 핸드폰을 꺼내려다가 실수로 찍힌 것 같아. 그리고 꺼낸 폰은 사진을 찍고서 배터리가 꺼져버렸지."

"하고 싶은 말이 뭐야."

"태풍이 오던 날, 산에 올라오는 길은 험난했어. 어둡고 나무는 쓰러져 길이 막혔고, 나뭇잎 때문에 시야도 가려졌지. 그래서 나는 올라오는 길에 몇 걸음마다 사진을 찍었어. 하연이를 데리고 내려갈 때 길을 잃지 않도록. 그만큼 그날 밤은 위험했고, 건물 역시 마찬가지였을 거야. 하지만 나는 도중에 내려가려고 했어. 죽을 것 같았으니까. 올라오며 찍은 사진들을 돌려봤고, 핸드폰은 방수가 되지 않을 만큼 물을 먹어 화면의 반 이상이 가려졌지. 더군다나 찍은 사진들은 어째서인지 제대로 찍히지 않아서 사진의 위치 정보에 의지했는데, 액정에 물이 닿아 저절로 터치가 됐고 예전 사진들로 넘어갔어. 기절해서 까먹고 있었는데, 하연이랑 찍은 사진을 보려고 들어가니까 기억나더라. 내가 기절하기 전에 마지막으로 본 사진이 그 사진이었다는 걸."

"… 건물 살짝 나온 게 뭐 어째서."

"처음 봤을 때는 보고 또 봐도 단서가 없어서 알지 못했는데, 이제야 보인 건 건물이 아닌 그 뒷배경이야. 노을이 지고 있는 붉은 하늘. 네가 나를 구해야 했던 이유이자 나올 수 있었던 이유가 사진에 다 담겨있었어."

"그래서구나."

"뭐?"

"너 덕분이야. 나도 몰랐던 비밀을 네가 알아내 줬어. 시대가 바뀐 건 장점이 있었어. 핸드폰이란 건 정말 좋은 물건이었구나. 누군가 찍은 사진을 굳이 뽑지 않아도 언제든 꺼내 볼 수 있고."

"그런데도 하연이는 널 나오게 하지 않을 거야."

"나도 걔한테 말 안 해."

"그게 무슨 말이야? 너 나오고 싶던 거 아니었어?"

"굳이 걔한테 왜 말해? 난 걔한테 휘둘리고 싶지 않아, 언제든 내 손

안에 있어야 하니까."

"넌 끝까지 하연이를 종으로 생각하는구나."

"걔는 내 의지를 이어갈 유일한 존재야. 네가 무슨 방식으로 친해지려 하는지는 모르겠는데 뭘 하든 달라지지 않아 절대로."

"내가 바꿔놓을 거야, 바뀔 수 있어."

"그 애한테 너는 기쁨이었겠지. 나에게도 끝까지 큰 선물을 안겨주었고. 그런데 네 허상이 닿기 전에, 너는 여기서 살아서 못 나가."

"… 뭐?"

"죽어죽어죽어죽어죽어죽어죽어죽어!"

뒷걸음질 치는 내 등에 찬바람이 닿아온다. 창문이 열려 있는지 알 수 없었다. 서서히 내 코끝에 공기가 바뀌어 온다. '그저 나 따위, 인간 따위가 바뀔 수 있다고 생각한 건 나의 오만이었나.' 귀신으로부터 멀어지려 스스로 죽음에 가까워졌다.

"그만둬!"

희망의 결핍을 자른 건 누군가의 목소리가 들려오면서였다. 나의 현실이 찾아왔다. 계단을 급히 뛰어올랐는지 벅찬 모습이지만, 하연이가 입은 원피스 끝자락은 바람에 날려 천사의 날개처럼 휘날리고 있었다.

"내 손 잡아, 괜찮아? 이게 뭔 소리야 다, 정신 차려!"

다리에 풀린 나는 그대로 하연이의 무릎에 기대 누웠고, 그대로 시선을 올려 말했다.

"어떻게 찾아온 거야?"

"너도 시험 보고 나도 공부하는데 방해될까 봐 핸드폰을 잠시 꺼뒀는데, 그 사이에 네가 연락을 했어. 몇 통이 왔는데, 내가 한 답장은 안 보이니까 걱정돼서 온 거지."

다행이라 생각했다. 하연이에게 무슨 일이 생긴 것이 아니라서. 허나 무언가에 씌여 혼이 나가 있던 나는, 되레 하연이에게 걱정을 끼친 것 같았다. 하지만 진심 어린 걱정에, 뭣 모를 보답을 받은 기분이다.

"너 지금 뭐 하는 거야?"

"나도 안 그래도 너 만나러 갈라 했어, 확실히 우리는 통하는 게 있나 보다."

"아래에서 다 들었어. 그동안 네가 나를 어떻게 생각했는지, 했던 짓 전부 다."

"그래? 어쩔 수 없게 됐네."

"왜? 나까지 죽일라고? 어디 한번 죽여봐."

"안 죽여, 난 너 없으면 안 돼."

"그동안 나를 왜 속인 거야?"

"속이지 않았어, 우리는 하나였잖아. 서로에게 도움을 주는 좋은 친구."

"친구라고? 너랑 내가? 넌 나를 친구로 생각한 적 없어."

"내가 다 설명할게. 일로 와, 내 손을 잡아."

"내가 내 친구 놔두고 너한테 갈 것 같아?"

"솔직히 너도 나 없으면 안 되잖아. 부모님 안 만날 거야?"

귀신의 말을 들은 하연이는 얼굴을 살짝 일그러뜨렸지만, 다시 힘을 주고 말했다.

"나는 부모님의 죽음을 믿을 수 없었어. 회피만 하던 시기에 너로 인해 꿈에서 살아 있는 부모님을 보며 이곳이 내가 살아갈 곳이라 생각했는데, 이젠 아니야. 현실을 볼 수 있게 해줬어, 네가 죽이려 했던 내 친구 덕분에."

"너랑 그 애, 내 생각보다 더 친해져 버렸구나. 근데 속이는 건 나만 한 게 아니지 않아?"

귀신이 말을 이어가려 할 때 나는 먼저 입을 떼고 선수를 쳤다.

"당연히 친하지, 우린 친구니까."

"친구? 듣기엔 좋은 말 같네. 네가 말하는 그 친구라는 게 칼 앞에서도 유지되는 거야?"

"… 칼이라니?"

"사람은 짐승이야. 자기만 생각할 줄 아는 짐승. 만약 친구라 믿었던 사람과 네 앞에 칼이 하나 놓여지면, 안 죽일 수 있다고 확신해?"

"적어도 너 같은 짐승 짓은 안 해 안 죽여."

"그럼 넌 나약한 거야. 못 죽이니까. 자신 있는 건 좋은데, 친구란 사람 앞에서 등을 돌리고도 안 죽을 수 있을 거라 믿어?"

"그건…."

그만 망설이고 말았다. 내가 아무 말도 하지 못하자, 하연이가 그 침묵을 깨고 대신 대답했다.

"백 번이고 가능해. 친구니까 믿는 게 아니고, 친구라서 믿을 수 있는 거니까."

"칼을 쥔 건 너니까 할 수 있는 말이야. 사람은 안 좋을 때도, 물론 좋을 때마저도 불안한 법이야. 언제 배신당할지 모르니까."

"아니야. 가진 게 행복이라면 반 나눠서 같이 행복을 느끼는 거고, 불행하다면 반 나눠서 서로를 위로하며 사는 게 사람이야. 죽은 네가 알 수 없어."

"널 멍청하다고 생각 안 해. 지금은 순진한 거니까. 나는 이미 한 번 죽었기 때문에 알 수 있어."

말은 다 끝나지 않았지만, 하연이의 눈빛은 경멸로 점점 깊어져 갔다. 우리를 번갈아 쳐다보던 귀신이 말을 이어갔다.

"생각보다 끈끈한 것 같네, 너희 사이. 더 이상 내가 끼면 안 되는 거겠지?"

나와 하연이는 굳이 대답하지 않아도 서로의 마음을 알 수 있었다.

"옷이 바뀌었구나, 초록색. 너랑 잘 어울리네. 이만, 나는 가볼게."

"잠시만, 기다려! 내 얘기 안 끝났ㅡ"

하연이는 잡으려 말을 했지만, 그건 귀신이 이미 눈앞에서 사라진 후였다.

"미안해, 걱정 끼쳐서⋯."

"내 걱정해서 여기로 온 거잖아. 오히려 고마워, 꿈에서 깨어나게 해줘서."

나는 하연이를 보며 말했고, 하연이는 나를 쳐다보며 말했다. 그동안 쌓아왔던 시간들은 서로의 믿음이 되었다. 나를 믿어주었던 하연이로 인해 사람을 믿지 않았던 내가 변할 수 있었다. 누구나 남에게 말하지 못하는 과거 하나쯤은 마음속에 품고 산다.

마음 깊숙이 자리 잡은 기억은 앞으로 나아갈 양분이 될지, 독을 품을지는 물을 뿌려 봐야 알 수 있지만, 독이 두려워 예쁜 꽃이 될 수 있는 기회를 날려버린다면, 꽃이 됐든 독이 됐든 아무것도 자라지 못하는 땅은 그저 삭막해질 뿐이다.

밤이 깊어간다. 어둠 속에서 건물을 벗어나기 위해 서로를 의지하며 맞잡은 손은, 아무것도 보이지 않더라도 빛이 되어 나를 걷게 해준다. 오히려 나의 두 눈을 감았다. 그녀의 마음을 더 느껴볼 수 있도록.

EP. 3

시험 셋째 날 새벽이다. 어제 시험을 마치고 집에 돌아와 잠시 낮잠 잔 걸로 잠을 퉁치고, 새벽 내내 공부만 했다. 귀신을 만난 후였지만, 왠지 아무런 걱정이 들지 않았다. 의외로 혼자 끙끙 앓던 응어리가 풀어지며 어깨가 가벼웠다. 하연이는 모든 진실을 알고도 나를 챙겨주는, 나보다 더 강한 사람이다.

두 눈을 비비며 거실로 나온 뒤, 살짝 열린 문틈 사이로 주무시는 부모님을 내다보며 그동안 내게 주신 믿음을 꼭 보답하겠다고 속으로 다짐해 본다. 허기짐에 냉장고를 열어보니 아직 뜯지 않은 우유 새 팩이 있어 간단하게 시리얼로 식사를 대신했다.

방에 들어오니 대충 의자에 걸쳐 놓았던 교복이 눈에 띈다. 시험 기간에는 선도부가 서질 않아 교복을 입을지 사복을 입을지는 암묵적으로 자유로웠다. 반 아이들은 대부분 커닝 오해를 받지 않으려 자발적으로 긴 티셔츠 정도의 가벼운 차림으로 시험을 치렀지만, 나는 엊그제, 어제 모두 교복을 입고 학교에 갔다. 굳이 사복을 입을 필요는 못 느꼈지만, 시험 기간에 맞춰 설정해 둔 알람 타이머가 울려 꺼내 본 핸드폰 속 바탕화면, 하연이와의 사진을 보고는 집어 들었던 교복을 의자에 다시 걸쳐 두었다.

"이제는 입고 싶어졌어."

옷장을 열어 꺼낸 주황색 스트라이프 무늬의 얇은 티셔츠 한 장. 그동안은 한 번도 입지 않았다. 유행을 좇기엔 내 얼굴은 너무나 무난했고, 무채색 계열의 옷만 입으며 남들 눈에 띄지 않은 채 살아왔기에 이런 밝은 색깔은 살 엄두도 내지 못했다. 하지만 이 옷은 하연이가 처음 골라 준 옷이자 첫 선물이다. 그리고 남들의 눈치 보는 성격에서 벗어나 변하고 싶었다. 하연이 닮고 싶었다.

"오… 괜찮은데? 이 정도면 그래도 요즘 여자들이 꽤 선호하는 스타일 아닌가."

옷 하나 바뀐 것뿐인데 괜히 자신감이 생긴 것 같다. 거울을 보며 속으로 생각하던 말이 어느새 입 밖으로 새어 나오고 있었다.

"하연아, 나랑 만나줄래? 아니야. 하연아 혹시 나랑 데이트할래? 음… 우리 같이 공부할래? 오, 공부 괜찮다. 부담스럽지도 않고 내 매력을 보여줄 수 있으니까."

하연이는 알게 모르게 수차례의 고백을 받고 있다. 문득 거울을 보다가 참지 못할 민망함에 급히 교과서와 노트를 가방에 챙겨 집 밖을 나섰다.

현재 시각은 5시 50분. 아직 이른 아침이라 어두웠지만, 시험 때 실수하지 않기 위해 미리 교실에서 공부하며 몸과 마음도 적응할 겸 일찍 나왔다. 외워야 할 단어들을 핸드폰 메모장에 정리해 두어서 핸드폰을 보며 걷다 보니 어느새 학교에 가까워졌다.

"아, 카페인."

암기에 집중하다 커피 산다는 것을 깜빡한 나머지, 다시 돌아가 3분 정도 걸어 편의점에 들어갔다. 카페인이 가장 많이 함유된 커피를 고르고, 점심 먹기 전 두 과목 시험이 모두 끝나 중간에 배고플까 봐 초코빵도 함께 샀다. 배고픔에 집중력이 떨어져 나오는 실수만큼 창피한 것은 없다.

편의점 문을 열고 나서니 제일 먼저 따뜻한 공기가 느껴졌다. 공기를 실컷 들이마셔도 암기한 단어들만 떠오를 만큼 머릿속이 가볍다. 평화로 가득 차 웃음 짓는 참새 소리에 귀를 기울이다 보니, **일출**이 뜨며 거리는 어느새 밝아졌다.

학교가 있는 큰 도로로 나가기 위해 골목 모퉁이를 돌려 하는데, 길 끝에 생각지 못한 사람이 서 있었다.

"하연아!"

"어? 너 왜 여기 있어?"

"나 시험 보러 가고 있었지, 너야말로 여기는 어쩐 일이야?"

"나도 공부하다가 잠 좀 깰 겸 산책 삼아 동네 돌고 있었어. 너 되게 부지런하구나?"

"시험 기간에는 루틴처럼 일찍 반에 들어가야 긴장이 안 되더라고."

"그렇구나, 보기보다 성실하네?"

"오랜만이네, 장난스러운 말투. 왠지 반갑네. 밥 안 먹었으면 이 빵 먹을래?"

"너 먹으려고 산 거 아니야?"

"너 보니까 배불러졌어. 집에서 밥도 먹고 왔고. 너 공부하면서 먹어."
"시험은 네가 볼 텐데 내가 먹어도 되나 모르겠네. 고마워, 잘 먹을게."
"집 바로 가는 거 아니면 저 앞에 벤치 있는데 얘기 좀 하다 갈래?"
"나는 좋긴 한데, 너 지금 학교 들어가던 길 아니었어?"
"너 좋으면 괜찮아. 마침 나도 좀 쉬려 했어. 시험 본다고 공부만 하면 오히려 실수가 나오더라고."
얘기를 나누던 우리는 아무도 없는 벤치로 자리를 옮겼다.

"되게 반갑다. 우리 어제도 봤는데."
"그치…."
"근데 너 무슨 일 있어? 표정이 안 좋네."
"그게… 아니야. 괜찮아, 아무 일도 없어. 마음 안 써도 돼."
"뭔데? 아무 일 아닌 게 아니잖아. 말해봐."
"사실은—"
"그다음엔 어떻게 됐어?"
"그래가지고 그게—"
이해하기 어려울 거라고 말하는 그녀의 말대로 이야기 내내 의도를 이해하지 못했지만, 나는 애써 웃으며 맞장구를 쳤다.
"그러니까 나도—"
힘든 시간들을 지나 이제야 모든 걸 극복하고 친해졌는데, 여기서 그녀와 멀어지는 건 하고 싶지 않았다.

"뭐 괜찮을 거야, 내가 있잖아. 언제든 의지해, 다 이해해 줄게."

"고마워… 너는 항상 나한테 기쁨을 주려고 노력해 줘서. 내가 뭐라고 말해도 그냥 고개 끄덕이면서 위로해 주니까, 너무 큰 힘이 돼. 역시 친구는 좋은 건가 봐."

"늘 힘이 돼 줄게, 걱정 마."

그녀는 잠시 뜸을 들이다가 조용히 일어나 희미하게 웃으며 나를 쳐다보고 말했다.

"앉아 있다가 일어나니까 다리가 아프다. 이제 정말 괜찮을 거야, 너도나도 너무 긴 시간이었어. 오늘 하루는 날씨만큼 따스할 것 같아. 근데 정말 괜찮아? 바쁠 텐데, 나 때문에 괜한 시간만 뺏겼잖아."

"시간 뺏기기는 무슨. 갑자기 일어나니까 나도 다리 저리네."

"어? 근데 옷 샀네? 잘 어울린다."

"이 옷? 무슨 말이야, 이거 네가 사줬잖아, 바보야."

"그랬던가? 아, 맞아 그랬지. 학교 가는데 교복이 아니라 순간 못 알아봤어."

"시험 기간에는 사복 입더라고. 그래서 네가 마음에 들었던 옷 한번 입어봤어. 나도 입어 보니까 마음에 든다, 고마워."

"내가 더 고맙지 뭐."

그녀는 그렇게 말하고 골목 어귀에 들어갔다. 나는 그녀가 시야에서 사라질 때까지 바라보다 어느새 1시간이 훌쩍 지난 시간을 보고 급히 학교로 돌아갔다. 가면서 메모해 둔 암기 단어들을 보려고 핸드폰을 켰는데, 그녀와 찍은 사진이 보인다. 방금 전까지 그녀가 보인 밝은 웃음과는 달리 사진 속 웃음은 오늘따라 왠지 슬프게 느껴졌다.

'잘 대화한 것 같은데, 왜 이렇게 차갑게 느껴지는 걸까.'
"설마 내가 별로였나?"
"뭐가 별로야?"
"어후, 깜짝 놀랐잖아. 깜빡이 좀 켜고 들어와."
"그거 웃기려고 한 말이냐? 그런 거라면 정말 실망이다. 그래서 뭐가 별론데?"

잠시 생각에 잠겨 있다가 나도 모르게 나온 혼잣말에, 나를 우연히 보고 놀래키려 뒤따라오던 건휘가 말했다.

"이 옷 나한테 안 어울리… 아냐, 아무것도. 너 시험공부는 다 했냐? 생각보다 외울 게 좀 많던데."
"보기보다 내가 뭐 하나 외우는 건 참 잘하거든. 암기력에 있어서는 너보다 위야."
"그래, 누가 뭐래냐."
"어? 못 믿네? 입증을 해야 믿어 주려나, 예를 들면 음… 네가 여자랑 외박했—"

누가 들을까 서둘러 그의 입을 가로막고 조용히 귀에 속삭였다.
"오늘 시험 끝나고 떡볶이 살게, 토핑 네가 골라."

건휘는 더 이상의 말을 하지 않고 오른손을 들어 엄지손가락만 세웠다.

이루어질 수 없는 이유

빛이 있다는 건, 어둠이 따르다는 것

10장

빛이 있다는 건, 어둠이 따른다는 것

EP. 1

　엄마, 아빠가 울고 계신다. 침대에 걸터앉아 원망스러운 눈빛을 띠며 소리를 지르고 있지만, 내 귀에는 하나도 닿지 않았다. 엄마의 시선은 바닥을 향했고, 고개를 살짝 숙인 아빠의 눈은 어쩐지 얼음판처럼 느껴졌다.
　고개를 서서히 들어 올리던 엄마가 내게 입을 뻥긋 여시기 시작했다. 소리가 닿지 않는다, 들리지 않는다. 좀 더 가까이 다가가 볼까.
　"예쁜 내 딸 하연아, 엄마랑 있으니깐 행복하지? 자, 내 손을 잡아. 같이 가자."
　입 모양을 유추할 정도로 엄마에게 가까워졌고, 분명 내 손만 뻗으면 같이 갈 수 있는데도 차마 내 팔은 돌덩이처럼 무겁게 느껴졌다. 그런 나를 보던 엄마의 눈은 울고 있다, 그리고 웃고 있다. 한 걸음 앞까지 다가선 내 앞에 완전히 드러난 얼굴은 눈을 한껏 찡그리고 입을 찢어질 만큼 활짝 웃고 있었다. 나는 황급히 아빠를 불렀다.
"아빠! 엄마가…."
"엄마가 왜? 잘 안 들리는데, 예쁜 내 딸, 이리로 가까이 와서 얘기해 줄래?"
"아… 아빠?"

나는 꿈에서 깨어날 수 있었다. 아빠의 다리가 없다는 걸 보고 나서야.
"… 끔찍해, 꾸고 싶지 않아. 이런 꿈."

침대에서 일어나 놀란 가슴을 진정시키려 악몽은 방 안에 가둔 채 거실로 나왔다. 정수기 앞으로 다가가 유리컵에 반 절만큼 물을 뜨고서야 집에 홀로 있다는 것을 알게 됐다. 정수기 옆에 놓인 메모지 한 장, 거기에 담긴 삐뚤삐뚤 적힌 글씨가 내 눈에 들어온다.
'할미 시장 가서 장도 보고, 이쁜이 한글책 사올랑께. 반찬 뎁혀 밥 묵어라.'
"할머니, 나 한글 뗀 지 언젠데… 국어책으로 사야지."
할머니의 애정이 느껴져서는 메모장을 두고 눈가가 뜨거워진다. 할머니의 사랑 또한 내가 현실을 마주할 수 있었던 이유 중 하나다.
'나 때문에 고생하신 우리 예쁜 할머니를 위해서라도 더 열심히 공부해서 돈 많이 벌어야지.'
빈 물컵을 내려놓고 TV 위에 걸려 있는 시계를 확인하니 초침은 오전

8시를 가리키고 있다.

"어제 그 애도 만나고 악몽까지 꿔서 그런가 일찍 깨버렸네."

어제 외출한 탓에 하루해야 할 분량을 포함해 어제 못 했던 '1차 방정식' 마저 해야 한다고 생각하니, 진저리가 났다. 그래도 아직 내 손 안에 남아 있는 그 애의 또렷한 온기는 나를 일으켜 주는 힘이다. 괜히 차가운 물로 씻으면 차게 식을까 걱정 아닌 걱정을 하며, 그 애와 함께 맞잡은 연필 한 자루에 다시 공부를 시작했다.

"work, worked, will work—"

문제집을 펼친 후 영어 단어부터 외웠다. 처음엔 책 한 페이지 넘기는 데 반나절 가까이 걸렸지만, 이제는 일주일에 한 권을 다 풀 만큼 내 또래 수준에 맞춰가고 있다. 이해하지 못한 내용은 그저 외우려고만 했는데, 이제는 스스로 정답을 내릴 수 있을 것 같다. 힘없이 늘어진 몸을 풀어주려 스트레칭도 하고, 홀로 덩그러니 남은 집 안을 걸어본다.

어느덧 시간은 오후 12시를 지나고 있다. 새벽시장에 나간 할머니가 언제 돌아올지 여쭤보려 연락하는데, 안방에서 벨 소리가 울린다. 문을 열어 침대 위를 바라보니 할머니 휴대폰도 나처럼 할머니를 기다리고 있다. 마침 울리는 진동 알람에 핸드폰을 켜보니 다름 아닌 그 애한테 연락이 와 있었다. 다른 생각은 접어두고 그 애에게 답장을 선택했다.

—

— 잘 들어갔어? 아직까지 공부하고 있나.

— 들어온 지가 언제야! 계속 공부하고 있었어.

— 반나절 넘게 하고 있는 거 아니야? 내 성적 따라잡겠네. 나는 시험 끝나

고 친구랑 떡볶이 먹으러 왔어.
― 이제야 집중하기 시작했어. 반나절은 무슨 ㅋㅋ 떡볶이 맛있겠다. 친구한테 사 달라고 하고 두 배로 먹어버려.
― 그러고 싶은 마음은 굴뚝 같은데 이번에는 내가 사야 해.
― 같이 먹는 거 아니야? 왜 네가 사? 그 친구 너무하네.
― 평소라면 그랬을 텐데 어쩔 수 없어. 너랑 전에 외박했을 때 우리 엄마한테 대신 핑계 대줬었거든. 그거 비밀로 퉁치려는 떡볶이야.
― 우리 은인이었네…. 고마워하는 마음으로 치즈 토핑까지 추가해 드려.
― 말 안 해도 토핑 여덟 개째 고르고 계신다. 나 떡볶이 먹고 바로 공부하려고 너한테 뒤처지면 안 되니까. 너도 얼른 공부해!
― 알았어. 맛있게 먹고 나 핸드폰 전원 꺼둘 거야, 자꾸 시선이 이리로 가서. 너도 내일 마지막 시험인데 방해되면 안 되니까 내일 시험 완전히 끝나면 연락하자.
― 알았어. 만점 받아 올게.
― 이 누나 보고 싶다고 울지 마. 아 그리고 너 시험 끝나면 고백할 거 있
―

 책상에 앉아 있다가 습관처럼 꺼진 핸드폰을 집어 들었다. 점심때 주고받은 문자를 바라보던 중, 무심결에 할머니에게 전화를 걸었다.
 "상대방이 전화를 받을 수 없어, 음성사서함으로 연―"
 당연하게도 할머니는 전화를 받지 못하셨다.
 핸드폰을 책상 위에 두고, 잠도 깨우고 환기도 시킬 겸 창문을 열어 찬 바람을 맞으려는데 뒤에서 거울 소리가 들려온다.
 "잘 잤어? 바쁘네, 요즘."

"네가 그랬지? 어젯밤 꿈에서 우리 부모님 그렇게 만든 거…."
"네가 약속을 어겼지만, 나는 지키고 싶었어. 고마워 안 해도 돼."
"고마워 안 해도 된다고? 그것까지 계획이잖아. 내가 꿈을 더 간절히 바랐으면 해서. 너 진짜 뻔뻔하다, 진작에 네 본심을 알아봤어야 했는데."
"생각지도 못한 반응이네. 혹시 내가 미움 산 건가? 감사한 오늘 하루를 베풀며 보내려고 한 건데."
"네가 베푼다는 게 꿈으로 협박하는 거야? 고작 그런 걸로 내가 흔들릴 것 같아?"
"더 이상 꿈을 안 꿔도 괜찮다는 거야? 보고 싶잖아, 엄마랑 아빠."
"우리 부모님은 돌아가셨어. 엄마가 쓰시던 젓가락은 녹슬었고, 아빠가 남긴 유행 지난 손목시계는 먼지가 쌓인 채지. 하지만 이게 진짜 현실이야."
"그래서 꿈이 특별한 거지. 사람 따라 죽어가는 물건들도 꿈속에선 현실과 달리 연연하지 않잖아. 그래서 너도 꿈이 좋았던 거 아니야?"
"돌아가신 부모님 가지고 이제 그만 모독해. 꿈에서 바라보는 유품이나 가구들, 향수까지 전부 살아 있는 척 하는 거잖아. 더는 안 믿어, 네 말."
"꿈속에서 기뻐하는 너를 볼 때면 내가 기뻤어."
"이제는 아니야. 나는 달라졌어."
"마음이 기운 모양이네. 우리는 하나의 실로 연결되어 있어. 아직 돌릴 시간은 있으니까 지금이라도 나한테 와. 사람은 믿음을 주면 오히려 상처를 줘, 그 고통은 네가 고스란히 받을 거야."
"다시는 내 앞에 나타나지 마. 못 참아. 건물이든 뭐든 다 부숴버릴 거니까."

"이제 어쩔 수 없나 보다. 마지막으로 가기 전에 선물 줄게. 건물도 그랬고, 고마워. 날 위해 줘서."

그 애는 사라졌다. 고맙다는 말과 함께 작은 잭을 건네고서.

'USB잖아? 뭐야, 이게?'

따리리링 따리리링—

그 애에게 건네받은 USB를 바라보고 있던 중, 핸드폰에서 전화 벨소리가 울렸다.

"모르는 번호인데, 이 시간에 갑자기 누구야… 여보세요? 네? 병원? 교통사고라는—"

EP. 2

3일 차 시험도 끝났다. 준비한 시간에 비해 괜찮은 점수를 받은 듯하다. 본시험에는 아는 것만 나와서 딱히 막히는 부분 없이 수월했던 게 크게 작용한 것 같다.

시험이 끝난 지금, 나는 건휘와 떡볶이를 먹으러 시내에 가고 있다. 아침에 하연이를 만나 얻은 좋은 기운은 건휘를 마주치자 힘을 발휘하지 못했다. 길을 걸으며 통장 잔고를 확인하던 중, 모처럼 말수가 적은 건휘가 내심 신경 쓰여 그를 힐끗 쳐다본 뒤 말문을 열었다.

"시험은 잘 봤냐? 난 아는 것만 나오던데."

"그냥 봤지, 뭐. 그것보다 하나 신경 쓰이는 게 있단 말이지."

건휘는 대답과 함께 깊은 한숨을 내쉬었고, 그런 그가 걱정되어 이유를 물어볼 수밖에 없었다.

"뭔 데? 아까 내 시험지 가져가서 채점했잖아, 시험 망쳤어?"

"시험 봤던 거 말고, 여자애가 갑자기 태도 전환을 한 게 이상해서."

"여자? 무슨 여자? 너 또 그 웹툰 얘기냐 '이루어질 수 없는 이유' 그거? 재미없다매."

  걱정이 무색하게도 건휘의 고민은 딴 데 가 있었던 모양이다. 그는 이어서 말했다.

"곧 결말날 것 같아서 눈 딱 감고 마지막으로 봤거든 근데 더 찝찝해졌어."

"저번 회차가 막장으로 가더니 끝나지 않았어? 거기서 뭐 더 나올 게 있나."

"그치, 남주가 여주의 비밀을 모른 척할 정도로 눈 가리고 믿으려 했었는데, 저번 주 회차에서 다 까발려지고 파멸까지 갔었지. 근데 또다시 둘이 사랑을 한다는 거야."

"엥? 그럴 수가 있나? 남주가 실은 여자였다매, 그게 뭐야 어이가 없네."

  내 입으로 말하면서도 말이 말 같지 않았다. 건휘가 얘기해준 웹툰은 어처구니없는 결말로 접어들고 있다. 더는 현실적이지 않은 얘기에 동참하고 싶지 않았지만, 건휘는 말을 이어갔다.

"글쎄, 남주가 말한 건 다 거짓말이었어. 여주한테 없는 비밀을 지어내면서까지 관계를 끝내고 싶지 않았나 봐. 근데 여주는 그 비밀을 듣고도 남주를 믿었고, 그렇게 흐지부지 끝났는데 참 이상해서 말이야."

"둘 다 비밀을 알고도 이어가는 건데, 거기서 더 이상할 게 있나? 애초에 막장인데."

"그치? 그렇긴 한데, 나는 그냥 여주가 이상해."

건휘는 말하면서 뭐가 의아한 건지 고개를 갸우뚱했고, 나는 그런 건휘가 더 이상해 작은 목소리로 얼버무리며 대답했다.

"여주만?"

"남자가 좋아서 두 집 살림까지 했던 여자가, 거짓말이긴 해도 여자라 속인 남주를 왜 믿는 척하면서까지 다시 만나려 하는 걸까?"

"사람이 좋았던 거 아니야?"

"다른 목적이 있는 것 같아. 난 그렇게 느껴져."

탐정이 된 그의 얘기를 끝내기 위해 나는 아직 보이지 않는 떡볶이집을 가리키며 그의 시선을 돌렸다.

겨우 탐정 놀이가 끝난 그와 시험 관련된 사소한 얘기를 나누다 보니 건물 3층에 있는 떡볶이 가게에 도착할 수 있었다. 의자에 가방을 걸고, 직원에게서 건네받은 메뉴판을 보다가 문득 아까 만났던 하연이가 생각나 건휘에게 메뉴판을 넘기고 곧장 문자를 보냈다.

―

― 잘 들어갔어? 아직까지 공부하고 있나?
― 들어온 지가 언제야! 계속 공부하고 있었어.

―

하연이와 문자를 주고받다 느낀 건, 하연이의 열정이 새삼 대단하다는 것이다. 밤새서 피곤할 텐데, 새벽에 산책하면서까지 공부를 하고 있다니….

하연이를 보니 나도 내일 있을 마지막 시험에 열을 내기로 결심했다. 내가 공부에 도움을 줘도 모자랄 판에, 되레 자극을 받다니. 다방면에서 하연이는 나에게 참 고마운 사람이다. 나도 어쩌면 하연이를 위해 무언가 도움이 될 수 있지 않을까 싶었다.

문자를 끝내니, 때마침 건휘가 주문한 떡볶이가 나왔다. 은근히 기대했던 떡볶이였는데, 막상 앞에 놓인 음식을 보니 표정에 잿빛이 점점 짙어졌다.

"근데 인간적으로 양배추 토핑 추가는 왜 한 거냐? 채소도 안 좋아하는 놈이."

"이거 다 먹으면 괜히 살찔 것 같잖아, 양심에 찔리니까 채소로 중화시키는 거지."

건휘도 다른 의미에서 여러모로 나에게 도움을 준다. 앞으로 건휘의 말에는 더는 따르지 않기로 결심해 본다.

떡볶이를 다 먹은 우리는 엘리베이터를 타고 내려와 밖으로 나왔다.

"나 집 간다."

내일 있을 시험이 막연하게 느껴졌던 내가 건휘에게 말했다. 그러나 그는 지금 이 시간이 아까운 줄도 모르고 아쉬운 목소리로 대답했다.

"왜 벌써 가? 피시방 한 시간만 있다 가자! 내일은 시험 별거 없잖아."

"바빠, 영어 점수 메꿔야 돼. 아, 근데 **사전에 계획된 일일 수도 있잖아.**"

"뭐가?"

"네가 말한 여주 말이야, 모든 게 계획된 거면 남주가 뭘 하든 계획 안에 있는 거니까 남주는 이미 처음부터 걸려든 거지. 아무튼, 나 간다."

건휘와 헤어지고 집으로 가는 길이다. 초침은 오후 4시 13분을 가리키고 있다. 최소 5시간 정도는 자야 하니, 그 시간을 빼고 얼마나 공부할 수 있을지 계산 중이다.

'하연이한테 연락하면 안 되겠지? 그렇게까지 무리해서 공부하면 오히려 실수할 텐데.'

그러다 고작 하연이의 공부 핑계로 걱정한답시고, 그만 다른 생각에 새버렸다. 아까 했던 문자를 끝으로 오늘은 연락을 안 하려 한다. 지금의 연락은 하연이에게 방해만 될 테니까.

시험이 다 끝났을 내일 오후에 만나기로 하고, 담담하게 집으로 가던 길을 마저 걸었다. 그러나 보고 싶음을 숨길 수 없던 나는, 끝내 하연이와의 사진을 꺼내 들었다.

'이틀 연속 같은 사복은 좀 그런가.'

시험 넷째 날 아침, 나는 잠옷을 갈아입으려 옷장 앞에 섰다.

'그래도 하연이가 사 준 건데—아니야, 그냥 교복 입자.'

사복도 좋았지만 어제 한 번 입었으니 오늘은 교복을 입기로 하고 등굣길에 나섰다. 아까 날씨 예보를 보고 왔을 때는 어제랑 기온 차가 비슷할 거라 했는데, 따뜻했던 어제와 달리 오늘 아침 공기는 왠지 차게 느껴졌다.

"뭐야, 너 왜 이렇게 빨리 왔어?"

"시험 마지막 날 아니더냐? 코피 한번 쫙 쏟고, 오늘부터 주말 이틀까지 놀 거야. 말리지 마. 뭐 같이 놀래?"

"안 돼, 나 약속 있어."

"너랑 놀 생각했던 내가 바보지. 그래라, 친구 버리고 가서 여자친구랑 놀아."

'여자친구….'

한 번도 생각 못했던 단어다. 하연이가 내 여자친구라니—나는 괜히 낯부끄러워 대답하지 못했다.

"4교시 시험 마지막이야, 마킹지 뒤로 넘기고 받자마자 이름부터 써. 부랴부랴 5분 남기고 쓰다 틀리면 교체 안 해준다."

드디어 끝이 보인다. 자습 시간이었던 1교시부터 지금 4교시까지 자리에서 한 번도 일어나지 않고 내내 공부만 했다. 그것뿐인가. 초등학교 6년, 중학교 3년, 고등학교 2년 하고도 몇 개월째 공부만 해왔다. 차이점이 있다면, 그동안은 어른들이 시켜서, 내가 하고 싶은 게 없어서, 선생님이 하라고 해서 의미 없이 해왔던 시간이었지만 지금은 다르다. 내가 학교에서 시험 볼 때 하연이도 어디선가 나랑 같이 공부를 하고 있을 텐데, 나는 하연이의 본보기가 되어 길을 열어주고 싶다는 생각으로 하고 있다. 하연이는 자신을 위해 밤새워가며 노력하는데, 그런 하연이를 위해 나도 노력할 거다.

"마지막이다. 내 말대로 해. 모르면 3번."

내 앞자리인 건휘가 시험지를 뒤로 넘기면서 조용한 목소리로 말했다. 나도 건휘만 들을 수 있게끔 작게 대답했다.

"난 4번 할 건데."

얼마 안 있어 종이 울리며 곧 시험이 시작됐다.

'예상 문제보다 쉬운데? 이건 3번이고 이건 4번이네.'

시험지에 답을 써 내려가며 시험이 시작된 지 15분도 채 안 됐을 때, 조용해야 할 반의 정적이 깨졌다. 복도에서 경찰 복장을 한 남자 두 명과 그 뒤에서 만류하는 교감 선생님이 함께 들어왔고, 시험을 멈춘 반 아이들이 수군거렸다. 경찰은 점점 내 앞으로 다가왔다.

"경찰 양반, 지금 시험 중이니까 다 끝나고 합시다, 예?"

교감 선생님이 경찰 한 명의 팔을 붙잡고 말했지만, 힘없이 딸려 올 뿐이었다.

"선생님, 이건 공무집행방해입니다. 피의자가 도망치면 책임지십니까?"

어느덧 나는 경찰을 따라 학교 밖으로 끌려 나오고 있다. 반 아이들을 비롯해 학교 모든 이들의 시선이 나에게 집중되었다. 영문도 모른 채 앙상한 두 팔에는 차가운 수갑이 채워졌고, 내 몸집보다 두 배는 커 보이는 경찰에게 처음으로 에스코트를 받는다. 나는 어디로 가는 걸까.

"인정하지, 네 죄? 지금 발뺌해 봤자 소용없다. 정신질환자에 대한 정신적 착취, 환자 유인 및 탈출 교사, 판단 능력이 부족한 환자에 대한 준강간 등 중대한 범죄라면 소년법의 보호도 받을 수 없어!"

어디서부터 잘못된 걸까. 내가 무엇을 잘못한 걸까. 그 애가 병원에서 탈출하던 날 병원으로 다시 돌려보냈어야 했다. 아니면 그 애를 만난 카페에 문을 열면 안 됐나. 아니면 태풍이 오던 날 눈을 뜨면 안 됐던 걸까.

"저 진짜 안 그랬어요…."

목소리가 떨렸다.

"그 아이 고작 열네 살이야. 알아들어?"

목소리뿐만 아니라 온몸이 저려왔다.

경찰관에 의해 끌려온 경찰서는 정신없이 움직이는 사람들로 인해 어수선했다. 그들은 내게서 한시도 눈을 떼지 않았고, 그로 인해 생각할 여유조차 박탈당한 기분이었다. 내 머리를 보며 책상을 부술 듯 내려치고, 귀가 먹먹해질 정도로 소리 지르는 형사, 그 옆에는 경멸 어린 눈빛으로 쳐다보는 사람들까지.

어안이 벙벙한 지금 무슨 말을 하는지조차 자각하기 어려웠다. 그들은 믿어주지도 않을뿐더러 이미 나는 범죄자로 낙인찍힌 상태였다.

"이거 USB는 어떻게 설명할 건데?"

일관되게 거친 태도로 나를 대하던 형사가 USB를 내밀며 말했다. 누군가의 목소리가 담긴 USB 내용에 그만 경악을 금치 못했다.

… 그만해, 하지 마. 내가 잘못했어. 시키는 대로 다 할게—

치가 떨렸다. 분명 하연이의 목소리였지만, 나는 전혀 알지도 알 수도 없는 역겨운 상황이 녹음된 내용이었다. 건물을 울리는 듯한 소리에 살려 달라 애원하는 하연이의 목소리가 메아리처럼 퍼지고, 쇠 파이프가 긁히는 듯한 날카로운 소리와 함께 신음소리가 이어졌다. 머릿속이 새하얗게 질려간다.

"경찰 아저씨, 제가 안 그랬어요… 제가 어떻게… 어떻게 제가 하연이를…."

"그럼 이 녹취본은 뭔데?"

"오해가 있으신 것 같은데, 제가 정말 그랬다면 하연이가 저랑 친구를 왜 하겠어요? 그리고 열네 살인지는 진짜 몰랐어요."

"지금 네 입으로 혐의 인정한 거네? 고의성 가지고 아청법까지 위반한 거라고? 빠져나갈 생각은 하지 마. 이건 피해자가 벌벌 떨면서 병원에 있다가 넘긴 거야."

"하연이가요?"

형사는 내 물음에 대한 대답으로 녹취본 한 개를 더 꺼내 들려주었다.

그래, 내 잘못이네. 학교 옥상에서 들렸던 목소리가 환청이었다 쳐도, 비 맞으면서 횡단보도에 서 있던 너를 맨정신으로 생각해서 걱정했던 내가 멀쩡한 게 아니었던 거지. 정신병원에서 도망친 애 숨겨주고 피해 다니고, 같이 밤도 지새우고, 괜히 걱정만 했어. 시간 아까운 줄도 모르고.

"이게 네 목소리가 아니라고? 귀를 막고 들어도 너야. 이게 벌써부터―쓰레기 같은."

분노에 찬 듯한 목소리로 형사가 말했지만, 형사의 기분 따윈 신경 쓸 겨를조차 없었다. 녹음본 속 목소리는 정말 형사의 말대로 내 목소리였고, USB 속에는 하연이랑 싸운 날 내가 했던 말 그대로 담겨 있었다. 형사가 앞에서 무슨 말을 하는 듯 중얼거렸지만, 아무 소리도 귀에 들어오지 않았다. 도대체 언제, 어디서 녹음된 건지―나는 정상적인 사고마저 할 수 없었다.

"야! 병원 관계자들이 증언한다고 경찰서로 오고 있어. 증인까지 확

보되면 너는 끝이야, 이 새끼야! 어린 놈이 뭘 배웠길래 애를 데려가서 이 지경으로 만들어? 그것도 작년에 부모 잃어서 병원에 입원한 애를. 내가 끝까지 책임지고 너 감방에 처넣을—"

더 이상, 나는 더 이상 내가 아니었다. 숨통은 조여 오고 머리엔 식은 땀이 맺혔다. 흐려지는 정신줄을 붙잡으려 애써 봤지만, 버틸 수 없었던 나는 결국 그대로 쓰러지고 말았다.

EP. 3

'… 여기는 어디지?'

눈을 뜬 내 시야엔 병원 풍경이 들어왔고, 들어 올린 오른팔엔 무겁게 달랑거리는 링거 호스 하나가 연결돼 내 몸을 결박하고 있었다. 앞쪽에 등을 돌린 채 통화 중인 형사 한 명이 눈에 보인다.

"네, 조사는 중단된 상태이며, 피의자를 곧바로 병원에 긴급 이송해 깰 때까지 기다리고 있습니다. 의식이 돌아오면 바로 연락드리겠습니다. 식사 맛있게 하십시오."

통화를 끝낸 그가 내게 다가왔다. 혹시 내가 깨어난 걸 눈치챌까 봐 서둘러 두 눈을 감고 깨지 않은 척해본다.

"아이씨, 바빠 죽겠는데. 야, 나 커피 한 잔 뽑아 올 테니까 잘 지켜보고 있어."

커튼에 가려져 형사 한 명이 더 있었는지는 보이지 않았지만, 그가 나를 향해 짜증 섞인 말투로 말했다. 그리고는 방금 전화를 끊은 형사에게 커피 뽑아온다고 전하면서, 점차 그의 발걸음 소리는 멀어져 갔다.

'언제 눈을 떠야 할까'

내겐 이리 태평하게 누워 있을 시간이 없다. 악마가 됐든, 설마 하연이가 저지른 일이든, 나를 이 지경으로 만들어버린 누구라도 당장 만나야 했으니까. 하지만 응급실 내부는 온갖 환자들의 신음소리와 스트레처 끄는 소리로 온통 소음투성이였고, 되려 내 신경만 자극됐다. 형사의 인기척조차 느낄 수 없어, 살며시 뜬 오른쪽 눈으로 상황을 탐색하려 한다.

눈을 감은 지 얼마나 지났을까, 갑작스레 들어온 밝은 빛이 초점을 잡는데 오히려 민폐가 됐다.

초침이 두 바퀴 정도 돌았을까, 내 눈이 조금 적응하자 멀리 복도 건너편 미닫이창이 시야에 들어왔다. 팔에는 수액이 걸려 있고, 아직 형사 한 명이 근처에 대기하고 있어 일어날 틈을 잡기란 어려웠지만, 형사 한 명이 나간 지금이 어쩔 수 없는 적기다.

문제는 시선을 끌 방법이 마땅치 않다는 것. 다시 들려온 형사의 목소리에 두 눈을 꽉 감았다. 두 사람이 인사를 주고받는데, 하필 간호사가 수액을 교체하러 내 쪽으로 다가온다. 걸리지 않으려 실눈을 뜨고 온갖 방법을 궁리하던 중, 간호사가 끌고 온 의료 카트를 발견했다. 뭐라도 주워 보려 팔을 뻗어 봤지만, 연결된 수액은 내 발목을 잡았다.

간호사가 고개를 들어 위쪽으로 시선을 옮긴 순간, 나는 재빨리 의료 카트에 집히는 대로 손을 뻗었고 무언가를 움켜쥘 수 있었다. 다른 이의 눈에 띄지 않도록 꽉 움켜쥔 그것은 분명 내 손 안에 들어와 있다. 바퀴 굴러가는 소리와 함께 간호사가 형사에게 인사를 건넸고, 내 심장은 요동쳤다. 미친 듯 떨린다. 급히 움켜잡은 물건이 무엇인지는 알 수 없었지만, 처음 겪는 고통이 손바닥 안쪽을 찔러 아려 왔다.

　고개를 살짝 숙여 확인한 손바닥에는 붉은 피가 배어 있었다. 손가락 틈새로 빠져나온 끝 날은 아마도 다 쓰고 버려진 바늘처럼 보인다. 과연 둔한 내가 형사의 눈을 피할 수 있을까? 지금 몇 시쯤 됐을까? 점점 깊어지는 고통에 몸부림치고 싶었지만, 내게 허용된 최소한의 움직임은 꿈틀거리는 게 전부였다. 마침 맞은편 침대에 앉아 있던 형사가 전화 받는 동작을 하며 일어나 등을 돌렸다.

　"네, 선배. 커피머신이 고장 났대요? 그럼 저는 뭐, 스무디 같은 걸로 해 주시면 감사하겠습니다. 아… 벌써 우롱차로 사셨구나…."

　손에 쥔 바늘로 수액 팩을 찌르기 위해 팔을 뻗어 휘둘렀다. 아등바등거리며 남은 힘을 쥐어짜 안간힘을 썼지만, 목표물은 생각보다 높았고 닿기에는 벅차 보였다. 몸을 일으키자니 낡은 침대가 내는 삐걱대는 소음이 동반될 것이고, 바늘을 던져 맞추기엔 땅에 떨어지며 들릴 쇠의 날카로운 소리 때문에 오히려 형사의 눈을 사로잡지는 않을까 걱정됐다. 발각되지 않기 위해 손톱으로 최대한 바늘의 끝 부위를 잡고 가벼운 반동을 주며 팔을 늘어뜨렸다.

　'안 돼, 제발… 한 번만 도와줘.'

　커피를 사러 나간 형사가 곧 돌아온다. 감시하는 눈이 하나 더 늘어난다면, 나는 이대로 끝이다. 눈치를 살피며 마지막으로 바늘을 흔드는 순간, 전화를 마친 형사의 시선이 서서히 내 쪽을 향해 돌아왔다.

　'내게 빛이란 없는 건가….'

　나는 다시 눈을 감아야 했다.

"어, 뭐야? 아이씨, 수액이 터졌네?"
 형사는 당황한 기색을 숨기지 못한 채 빠른 걸음으로 멀어져 갔다. 눈을 뜨고 위를 올려다보니, 찢어진 수액 팩에서 물이 포물선을 그리며 줄줄 새고 있었다. 내 주변에는 이제 아무도 없다. 하지만 간호사를 부르러 간 형사가 곧 경계를 띤 눈빛으로 돌아올 것이고, 커피를 사러 나간 또 다른 형사 역시 이쪽으로 다가오고 있다.

 망설임은 없었다, 재빠르게 움직여야 했기에, 팔에 연결된 선을 뜯어내고 조심스레 몸을 낮춰 일어섰다. 어지러움에 휘청였지만 복도 건너편으로 힘겹게 건너가, 좁은 창문 사이로 몸을 밀어 넣으니 마침내 병원 밖으로 탈출하게 되었다.
 하늘은 어느새 붉게 물든 노을로 자리 잡고 있다. 이미 너무 늦은 걸까… 미친 듯이 달리고, 또 달렸다. 수액 때문에 걷혀 있던 교복 소매를 허겁지겁 내리고, 내 신상이 적힌 팔목의 팔찌를 힘껏 뜯어내 길바닥에 내던졌다. 피를 얼마나 빼 갔는지 머리가 울리고, 정신은 흐릿했다. 그리 춥지 않은 날씨인데도 내 팔에는 닭살이 돋았다.
 '자수하면 참작해 준다거나, 논리 있게 해명하면 받아들여질 거다'라는 말도 안 되는 이상적인 생각은 전부 뿌리쳤다.
 벼랑 끝에 몰린 나는 오로지 내가 가야 할 목적지만 생각했다. 인도가 없는 좁은 도로를 벗어나자, 한 번도 걸어본 적 없는 길이 나왔다. 그러나 멈출 필요 없이 계속 나아갈 수 있었다. 아버지 차에 타고 집으로 향하며 봤던 익숙한 길이었기에, 기억만 되새길 뿐이다. 이대로 쭉 가면 경찰서가 나올 테고, 그러면 사이사이에 있는 골목으로 빠지면 된다. 마음은 불안했지만, 혼란을 주기 위해 담벼락 아래 개구멍까지 들어갔으니, 이제는 충분히 따돌렸다고 믿어도 무방할 것이다.

　해가 저물어 간다. 건물이 있는 산 입구에 도착한 나는 그제야 턱 막힌 숨을 고를 수 있었다. 교복의 하얀 와이셔츠는 흙에 절여져 때가 잔뜩 묻어 있다. 여기까지 오는 동안 몇 번이나 넘어지고, 휘청이는 정신을 간신히 붙잡아야만 했는지, 그 기억은 차마 꺼내고 싶지도, 떠올릴 필요도 없었다. 곧바로 산을 향해 발걸음을 내디뎠다.
　'하연이는 왜 그랬던 걸까… 공부하고 있는 와중에 나를 신고할 리가 없어. 분명히 이용당한 거야.'
　부정이 아니다. 그저 그렇게 믿었을 뿐. 산을 오르다 보니 경사가 점점 누그러지고, 올려다본 시선 너머로 폐건물의 윗기둥이 모습을 드러냈다. 거침없이 풀을 꺾고 잡초를 밟으며 화원을 지나자, 점점 짙은 어둠에 감싸인 광연루 앞에 도착할 수 있었다.
　'침착해야 해. 침착하자.'
　침착하게 대화하려 마음속으로 다짐했지만, 나는 이미 분노에 휩싸여 거칠게 말을 내뱉고 있었다.
　"나와! 나오라고! 네가 그렇게 좋아하는 노을 사진 여기 있잖아! 나올 수 있잖아!"
　전에 지웠던 노을 사진을 복구해 허공에 띄운 채, 목이 터져라 소리쳤다. 하지만 돌아온 건 잠잠한 산에 짐승이 되어버린 인간의 울부짖는 샤우팅뿐이었다. 그럴 때마다 나는 더욱 절규에 가까운 악을 저 멀리로 내질렀다. 인터넷에서 찾아낸 노을 사진들을 무작정 꺼내 들고, 핸드폰 액정을 이리저리 팔이 빠져라 흔들어대도, 분노와 절망이 뒤섞인 외침은 차츰 울분이 되어 갔다. 숨 가쁜 호흡을 겨우 가다듬을 때마다, 잠잠한 산은 무심하게도 다시 고요해졌다.

"왜… 왜 그러는 거야, 나한테…."

듣지 못할 대답인 걸 알지만, 속으로 눈물을 삼키며 닿지 않는 목소리를 내본다.

"나, 여기 있어…."

내 진심을 알아본 걸까. 건물 안쪽에서 한 줄기 희망처럼 희미한 목소리가 들려왔다. 이건 분명 하연이의 목소리다. 열기로 뜨거워진 내 손바닥이 차가운 손잡이에 닿자, 금방 싸늘하게 식어 갔다. 문을 밀고 들어간 어둠 속, 작은 빛 한 점조차 없는 공간에서 본능적으로 동물적인 감각에 의지해, 애타게 나를 부르는 하연이의 목소리를 찾아 나섰다.

"어디야? 위에 있…어?"

작은 내 목소리가 높고 텅 빈 공간을 전부 메우기란 무리였다. 공간 속에 머물고 있는 내 말들을 뒤로 한 채 묵묵히 계단 봉을 잡아 조심스럽게 한 칸 한 칸 밟아 갔다. 앞이 보이지 않아 2층임을 인지하지 못하고 벽을 짚었는데, 무언가 내 손에 닿았다. 곧이어 '툭' 하고 떨어지는 소리와 함께 날카로운 파열음이 고막을 찔렀고, 수십 개의 유리 파편이 내 교복 바지를 찢어 사이사이 박혔다.

그럼에도 아랑곳하지 않고 계단에 올라 3층으로 향했다. 불규칙하게 뛰는 심장 박동에 내 얼굴이 새파랗게 질려 있음을 알 수 있었다. 마침내 계단이 나를 3층에 데려다주었고, 비로소 나는 내 눈앞에 서 있는 하연이와 마주했다.

"하연아… 너 아니지? 네가 그런 거 아니잖아. 그 귀신 때문에 어쩔 수 없이—"
내 말을 가만히 듣고 있던 하연이는, 예전처럼 따뜻한 표정으로 아무 말 없이 조용히 손만을 내밀었다.
'하연이의 손만 잡으면 괜찮을 거야. 다 끝날 거야.'
서서히 하연이를 향해 발을 뗐다. 송송 찬바람에 내 머리칼은 흩날렸고, 그럴수록 나를 위한 구제의 빛에 닿으려 더욱더 팔을 뻗었다. 하연이의 손이 닿을 듯 말 듯 했지만 도저히 닿지를 않았다. 앞꿈치에 부딪히는 턱에 올랐다. 그러니 아슬아슬했지만 점점 하연이로부터 가까워질 수 있었다.

"… 다, 닿는다."
손가락 끝이 드디어 하연이에게로 닿는다. 어둠에 가려 보이지 않던 얼굴도 달빛에 비춰져 서서히 드러났다. 눈동자가 점차 하연이의 하관에 초점을 맞춰 갔고, 거기엔 내가 미처 보지 못했던 악랄한 악마의 입꼬리만이 담겨 있었다.
알 수 없는 두려움에 휩싸인 순간, 왼발은 허공에 붕 떠 있다. 정신을 차리고 돌아가려 창가 턱에 대고 있던 오른발에 힘을 줘 봤지만, 이미 균형이 무너진 후였다. 몸의 방향이 조금씩 건물 안쪽으로 돌아간다. 오른발의 힘이 빠져 몸은 뒤로 젖혀져 갔고, 고개의 정면은 3층 복도를 향했다.

내 눈에 복도에 걸린 사진들이 스치듯 들어온다. 그 끝엔 보지 못한 채 첫날 이후로 까먹고 있던 액자 하나가 있다.

흐릿한 시야 속에서 복도 끝에 걸린 그 액자 속 사진만이 유독 뚜렷하게 보였다. 바로 나였기 때문이다. 울고 있는 내가 웃고 있는 내 사진을 상기되어 마주한 순간, 건물에 있던 기억들이 또렷하게 주마등처럼 떠올랐다.

그동안 있었던 일들이 하나의 실처럼 연결되어 끝을 향해 풀어진다. 나는 살아 있을 때 궁금했던 물음표를 풀고 간다.

"사… 살려줘!"

힘 풀린 몸이 머리부터 일직선으로 떨어진다. 사람으로 태어나 이미 정해진 불행이었던가. 내가 그토록 갈망하던 건 허상에 불과했던 걸까.

하얗던 교복은 붉게 물들어 가고, 내동댕이쳐진 명찰 하나만이 쓸쓸히 내 곁을 지키고 있다.

'김진…운'

사람은 변할 수 있다고 말한 건 나였지만, 정작 그 말을 지키지 못한 건 나뿐이었다.

끝내 달라지지 못하고, 병신같이 믿었다. 말하지 못했다. '나'라는 선택지도 있다는걸. 고작 그 한마디였는데—아득히 멀게 느껴졌던 죽음이지만, 희미한 빛만이 나를 맞이하고 있다. 그 끝에 나는 무엇을 보게 될까. 나는 죽어 간다. 아무런 반항 없이 두 눈을 감았다.

"곧 장마래! 그래도 마음 놓고 여기를 지킬 수 있게 됐어. 끝까지 내

설계에 맞춰 움직여줘서 고마워. 우리 부모님 작품의 유일한 단골 생존자였기에 조금은 아쉽지만… 뭐, 네가 전부 자초한 일이야. 덕분에 큰 재미를 드린 것 같아서 기뻐. 이제—안녕."

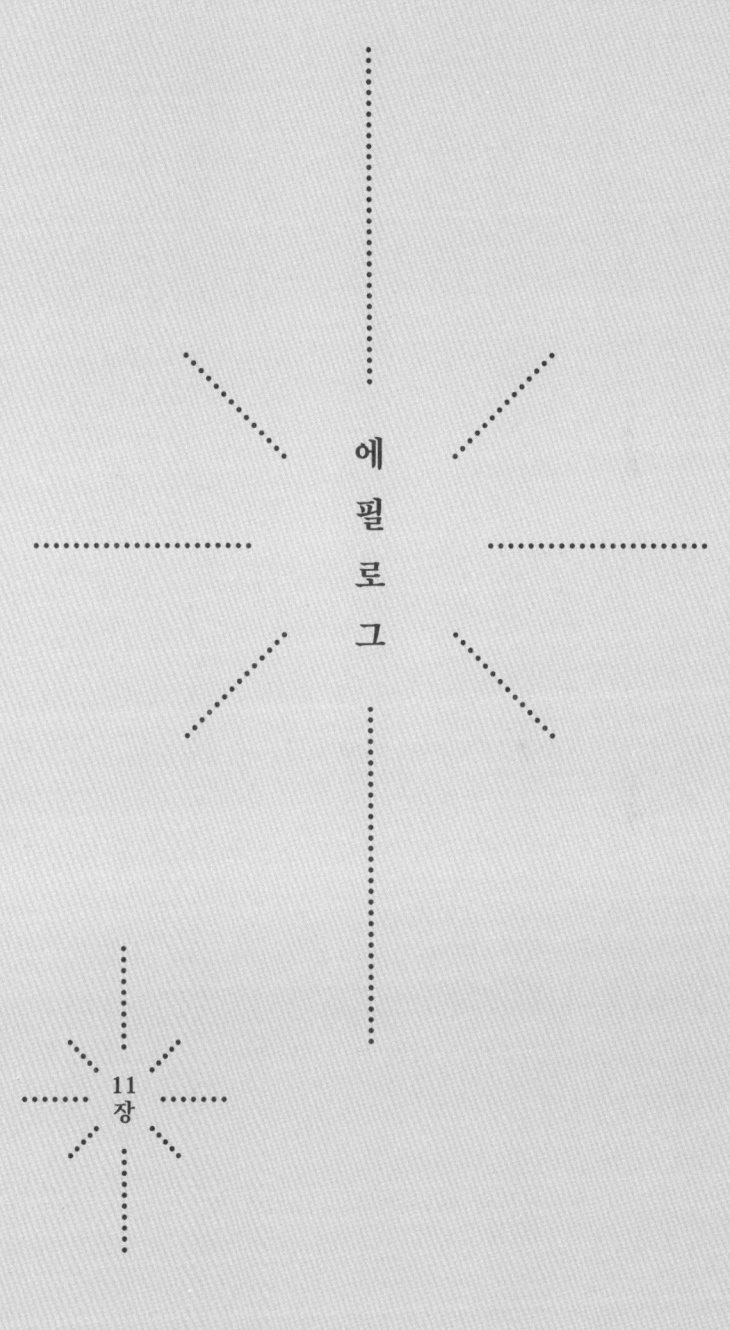

에필로그

11장

에 필 로 그

EP. 1

"선생님! 저희 할머니는 어때요? 어떻게 되는 거예요? 제발 살려주세요… 저 할머니 없으면 못 살아요."

"수술이 끝나면 집도 선생님께서 안내해 주실 거예요. 힘드시겠지만, 여기서 조금만 더 기다려주세요."

의료진 언니에게 받은 티슈로 간신히 눈물을 닦아낼 수 있었다. 수술실 앞에 놓인 대기 의자에 주저앉으니, 엉덩이에서 무언가 느껴진다. 의자의 쿠션 부분을 짚고 일어난 다음, 뒷주머니에 손을 넣으니 작은 물건이 손에 들어왔다.

"아까 그 애가 주고 간 거네."

망설임 없이 재생 버튼을 누르자 말소리가 들렸다.

…치지직―

"… 나도 뭐, 똑같이 생각해. 어디서 들은 얘기를 말한 건데, 고작 그걸로 죽는다면 그 사람이 그냥 나약했던 거지. 소문이었다면 확실히 해명할 수 있었잖아? 도와달라고 요청 안 한 게 잘못인 거고. 열심히 했으면 누구 한 명 정도는 믿어 줬을 건데 말이야… 나는 널 도와―"

'뭐야, 이게―왜 이런 말을….'
USB에 담겨 있는 한 사람의 목소리는 현실을 마주할 수 있었던 유일한 희망이었다. 그러나 나를 여지껏 속였던 것도 다름 아닌 나의 유일한 희망이었던 사람이다. 흐릿한 내 눈앞은 유리 조각처럼 파편으로 사방에 깨져버렸다.
나는 다짐해야 한다. 나를 지킬 수 있는 사람은 오직 나뿐이라는 것을. 변하지 않는 사람은 없다. 변하지 않는 인간과, 변한 척 연기하는 인간. 사람은 오직 두 부류다.

"아무도 믿을 수 없어. 사람은 다 똑같은 악마일 뿐이야. 나를 지키기 위해서 살 거야. 그래야만 해."
힘껏 움켜쥔 손바닥이 아려온다. 빨개진 손바닥을 펴 보니 USB가 있었다.

1938년 4월 4일 きん 노을 하, 그러할 연.

USB를 뒤집으니 빨간 핀 모양에 작은 글씨로 내 생일과 내 이름이 적혀 있었다. 이름 앞엔 읽지 못할 일본어와, 태어난 연도만 다를 뿐이다.

다시 뒷주머니에 USB를 넣으려 등을 돌리는데, 벽 유리에 내 얼굴이 스쳤다. 자세히 들여다보니 피눈물 흘리는 눈동자가 보였지만, 어쩐지 붉게 물들어 있는 시야가 나쁘진 않다.

프롤로그

12장

프롤로그

EP. 1

 높은 곳에서 떨어지는 꿈을 꿨다. 두 눈을 떠 주위를 둘러보니, 처음 보는 낯선 건물만이 나를 기다리고 있었다.

 "깼어?"
 목소리가 들리는 방향으로 고개를 돌리니, 내 앞에 하얀 원피스를 입은 낯선 여자애가 서 있었다.
 내 심장은 금방이라도 터질 듯 뛰기 시작했고, 동시에 또 다른 누군가의 목소리가 이명처럼 닿았다.

 "사... 살려―"

무슨 말인지 자세히 듣고자 신경을 곤두세우는데, 점점 다가오는 여자애의 목소리와 섞여 사라져 버렸다.
"안녕. 나는 노을 하에 그러할 연. 김하연이야, 반가워."
그녀는 밝은 미소를 지으며, 누워 있던 내게 손을 내밀었다.

"어… 안녕. 나는 참된 진에 운명 운. **김진운**이야. 구해줘서 고마워."